Für Jimmy Schüller

16 : 0

Eine Erzählung von Dietmar Sous

: TRANSIT

16 : 0 gegen Russland, sechzehn Tore gegen den Zaren!

Willem Zwo schickte kein Glückwunschtelegramm, lud uns auch nicht zu Ordensverleihung und Erhebung in den Adelsstand ein. Vielleicht ärgerte ihn, dass unser Spiel nicht in Deutschland erfunden wurde. Dass wir einen Verteidiger auch *Defender* und eine Ecke *Corner* nannten. Und, womöglich ein weiterer Dorn im majestätischen Auge: Ein Klub in Seiner Hauptstadt hieß *Britannia* und war schwer zu besiegen.

So blieben uns Frack und Zylinder vom Kostümverleih, die weite Anreise in die Hauptstadt erspart. Als Anhänger einer Republik war ich sowieso nicht erpicht, für ein paar Minuten dieselbe Luft wie der Kaiser zu atmen.

Viele Journale, war zu hören, hätten gar nicht über das Ereignis berichtet, nicht mal das bloße Ergebnis sei ihnen eine Meldung wert gewesen.

Dass einen das Match kalt ließ: Schwamm drüber. Die Anstrengungen von Springreitern und Tennisspielern versetzten mich auch nicht in Ekstase; Tierquälerei in aller Öffentlichkeit hier, stupides Verprügeln eines Bällchens dort. Unseren Triumph vom 1. Juli aber in den Dreck zu ziehen, uns kriminelle Energie zu unterstellen, war niederträchtig und Rufmord übelster Art.

Vergleichsweise harmlos das mancherorts zu hörende Gerücht, die Russen hätten überstürzt eine Verlegenheitself aus Ruderern, Tauziehspezialisten und Leichtathleten zusammenwürfeln müssen, weil die Fußballer, wieso auch immer, nicht rechtzeitig am Spielort, dem Råsunda-Sportplatz in Stockholm, eingetroffen wären.

Absurd auch das: Im *Vorwärts*, von mir regelmäßig gelesen, wurden österreichische Gazetten zitiert, die behaupteten, wir Deutschen hätten beim gemeinsamen Bankett am Vorabend des Spiels die Russen zum Wodkasaufen animiert, sie kräftig abgefüllt, selbst aber nur Wasser getrunken. Das Ergebnis am nächsten Tag also kein Wunder der Spielkunst, sondern Folge gemeinster Durchtriebenheit. Wohlgemerkt: Österreicher, unsere Brüder und engsten Verbündeten, setzten diese Lüge in die Welt, nicht Russen, nicht Engländer und auch nicht Franzosen.

Kinkerlitzchen, Tüddelkram, Pappenstiel und Klacks im Vergleich zu Folgendem. Auch im eigenen Reich missgönne uns mancher den ehrlichen Sieg, so der *Vorwärts* weiter. Ein Anonymus berichtete in einem

Königsberger Blatt, zwei unserer Teamkameraden hätten, verschlagen, wie Juden eben seien, während des Banketts lähmendes Gift in die Soljanka der russischen Mannschaft gemischt. Freds und Julles Namen waren nicht verändert oder wenigstens abgekürzt worden, sondern voll ausgeschrieben, als wären sie ohne jeden Zweifel die Täter: Gottfried Fuchs und Julius Hirsch.

In Wahrheit gab es überhaupt kein Bankett mit den Russen. Also auch keine hinterlistig verabreichten Wodkaströme, und Giftbrühe wurde nur aus ostpreußischen Redaktionsstuben serviert.

Nicht auszudenken, wir hätten auch noch in den letzten zwanzig Spielminuten weiter angegriffen, den zermürbten Gegner ins Leere laufen lassen; wenn wir also den russischen Keeper mit Vornamen Léonid, kurz Lew, was übersetzt Löwe bedeutet, weiter strapaziert und am Ende 25 : 0 gewonnen hätten. Von einem Pakt mit dem Teufel wäre wohl die Rede gewesen, elf Seelen für einen Jahrhundertsieg, verhexte Schüsse in ein verwünschtes Tor. Und das im Jahr 1912. Im zwanzigsten Jahrhundert!

Diesen 21. Juni, einen rauen Freitag mit Zementwolken und seltsam grünlichem Licht, eher Herbst- als Sommeranfang, werde ich nie vergessen. Ich war noch keine sechsundzwanzig, aber wie es aussah, konnte man mich abschreiben. Wat dat allns gifft, hörte ich Frau Petzoldt, meine Zimmerwirtin, zu dem Schlamassel sagen.

Ich stand auf einem Dach in fünfzehn Meter Höhe und wusste nicht, wie ich wieder runter kommen sollte. Die Schräge bis zum Dachfenster, dem Ein- und Ausstieg, war kurz, an jedem anderen Tag leichtfüßige Routine, aber jetzt wagte ich mich keinen Schritt weiter. Mein Magen zog sich zusammen. Mit halbgeschlossenen Augen hielt ich mich an dem Kamin fest, umarmte ihn wie einen schmerzlich vermissten Freund.

Was war los mit mir? Ich hatte keine Medikamente genommen, seit Tagen kein Bier getrunken, Schnaps schon gar nicht. Am Frühstück konnte es auch nicht liegen, wie jeden Morgen Schmalzbrote und Muckefuck. Außer der Reihe hatte mir Frau Petzoldt allerdings eine Schüssel Plumm un Klüten spendiert, Dörrobst mit Klößen, vom Vortag übriggeblieben. Verdorben hatte das matschige Zeug eigentlich nicht geschmeckt, aber vielleicht war da doch was drin, vielleicht Bazillen, die für Übelkeit und Schwindelgefühl sorgten. Oder war es die unverhoffte Begegnung mit Soerensen, die mir auf Gemüt und Gleichgewichtssinn geschlagen hatte?

Der war mein Lehrer gewesen, nicht nur meiner, sechzig andere hatte er auch in seiner Gewalt gehabt und den kleinen Wilhelm Kaiser, die Schmächtigkeit in Person, auf dem Gewissen. Willis Vor- und Nachname waren für Soerensen Amtsanmaßung, schlimmer noch: Majestätsbeleidigung. Wie konnte es ein halbverhungerter, ungewaschener Prolet wagen, sich namentlich so mit dem verehrten Kaiser Wilhelm in Verbindung zu bringen! Da gab es nur eine Lösung: strafexerzieren. Beinahe jeden Unterrichtsmorgen nach dem Vaterunser und Absingen des Deutschlandlieds, ein von Soerensen dirigiertes Gebrüll, wurde der zitternde und hilflos vor sich hinstarrende Willi nach vorne kommandiert, dann hieß es Kopfrechnen mit abwechselnd Kniebeugen und Liegestütz. Für eine falsche Antwort gab es zwei Schläge mit dem Stock, war die Antwort richtig, bloß einen. Wenn Willi das bisschen Kraft verließ, das in ihm noch steckte, und er zu weinen anfing, nannte Soerensen ihn Tränentrine und Weichpudding.

Kurz vor Weihnachten ist Wilhelm Kaiser aus dem Fenster gefallen, dritter Stock. Traurig, traurig, sagte Soerensen anderntags nach Hymne und Gebet und schneuzte sich scheinbar ergriffen die Nase. Aber sie haben ja noch elf, da hält sich die Trauer gewiss in Grenzen, fügte er hinzu.

Ich war nie Soerensens Prügelknabe gewesen, bekam seinen Stock aber auch zu spüren, auf die ausgestreckte Hand, auf Rücken, Hintern und Hinterkopf, was laut Soerensen die Denkfähigkeit erhöhte, wegen meiner holprigen Schrift, dem Schwänzen des Schulgottesdienstes. Und das Auswendiglernen von Gedichten über die Heldentaten der Germanen war auch nicht meine Stärke. Ich hatte bei ihm den Namen *Italiener* weg, wegen meiner dunklen Haare und einer Haut, die nicht gleich beim ersten Sonnenstrahl rot anlief.

Kurz zuvor war mir dieser Lehrer nach Jahren wieder begegnet, eine Erscheinung in Grau und Beige, mit mächtigen Hosenträgern und Kinnbart. Noch immer massiv, der wulstige Schädel nicht mehr wie damals kahlrasiert, sondern mit messerscharfem Seitenscheitel geschmückt. Die Karikatur eines alldeutschen Feldwebels im *Simplicissimus*. In seinem Einkaufskorb lagen Kartoffeln, Weißkohl und ein halbes Brot. Er schien mich schon von weitem erkannt zu haben. Ruckartig blieb er stehen, musterte mich von oben bis unten, als wolle er mich gleich zum Winkelmessen an die Tafel beordern. Verlegen schaute ich weg und ging weiter, statt vor ihm auszuspucken. Kinder jagten vorbei, sie riefen: Schornsteinfeger, schwarzer Neger!

Soerensen fing an zu lachen, wiehernd, abgehackte Salven der Schadenfreude, demütigend wie eh und je.

Kalter Schweiß, weiche Knie: Das waren bisher unbekannte Fremdwörter für mich. Selbst im Winter hatte ich keine Angst, auszurutschen und vom Dach zu fallen. In meinen Ohren war jetzt ein scheußliches Sirren, mein Herz würde mir gleich die Rippen brechen, wenn es weiter so heftig schlug. Rummel in meinem Kopf: Verheddert in tausend wirren Gedanken fand ich keinen rettenden. Immerhin blieben mir so wohl Altersstarrsinn, der nächste Krieg gegen Frankreich und Haarausfall erspart. Weniger schön: Ich würde ledig bleiben und die Revolution verpassen.

Eben noch Kaminfeger, jetzt Witzfigur, Lachnummer mit plötzlicher Höhenangst. Ich hatte damit geprahlt, eines Tages den Eiffelturm zu besteigen und freihändig zu fegen, wenn es denn da was zu fegen gäbe. Hahn auf jedem Kirchturm, Gipfelstürmer, Artist, jawoll, die Höhe war mein Element. Frauenblicke von unten, vom Boden der Tatsachen zu mir nach oben entgingen mir nicht. Ich zog dann meine robuste Uniform aus handgenähtem, ruß- und wasserfestem Hirschleder straff, winkte kurz, aber draufgängerisch, mitunter kitzelte mich die Versuchung, einen Salto aufs Dach, einen Handstand auf den Schornstein zu zaubern.

Von Leichtigkeit und Kunststücken war ich nun Welten entfernt. Das Zittern, speiübel war mir und kaum noch Luft. Mund und Hals so trocken, dass es wehtat. Irgendein verdammter Magnet wollte mich mit aller Kraft in die Tiefe ziehen, mich da unten zerschmettert in einer Blutlache liegen sehen.

Jemand rief etwas hoch, das ich nicht verstand. Die Glocken der Ansgarkirche, vielleicht war es auch Sankt Nikolai, dröhnten, bekehrten mich aber auch jetzt nicht. Ein Windstoß riss mir den Hut vom Kopf, ich sah ihm nach, und schon rollte eine neue Schwindelattacke heran, verwackeltes Durcheinander wie kurz vor dem freien Fall.

Ich hatte meinen Beruf nicht gewählt, liebte ihn nicht. Wer tat das schon?

Als Kind hatte ich Kletteraffe werden wollen. So nannten wir bewundernd die Männer, die an Strommasten emporstiegen, halbrunde Metallbügel an den Stiefeln, die ihnen den Aufstieg ermöglichten. Doch daraus wurde nichts. Mein Vater hatte in der Kneipe von der Lehrstelle erfahren, und am Tag nach der ersehnten Schulentlassung musste ich antreten zum Kampf gegen Asche und Ruß.

Die Aussicht habe ich oft genossen, ein kleines Gefühl von Freiheit. Hier, auf diesem Dach im Stadtteil Gaarden, schaute ich zwar auf Mietskasernen, aber sonst: die große Bucht, genannt Förde, das Wasser und die Schiffe. Die schmalen Häuser, engen Gassen der Altstadt. Düsternbrook, auf dem nördlichen Ufer der Förde, mittlerweile zu fein für die Arbeiterklasse. Das Seebad in Laboe. Und natürlich der Blick auf den Wilhelmplatz, wo Holstein es nicht immer leicht hatte gegen den Lokalrivalen FC Kilia, der, das musste leider gesagt werden, zu den stärksten Mannschaften im Norden, wenn nicht in ganz Preußen gehörte. Aber in Kiel mit Abstand die Nummer 2!

Einen knappen Monat war es her, dass wir, die Kieler Störche, so genannt wegen der roten Stutzen, das Endspiel um die deutsche Meisterschaft gegen den hohen Favoriten aus Karlsruhe gewonnen hatten, mit einigem Glück und mit mir, unbezwungen im Tor.

Kein Verein in Deutschland hatte mehr Nationalspieler in seinen Reihen als der KFV; gegen die Süddeutschen und ihre Wunderstürmer Förderer, Fuchs und Hirsch würden wir untergehen wie die Titanic im vergangenen April, war uns prophezeit worden. Von wegen, 1:0 in Hamburg-Lokstedt vor neuntausend zahlenden Zuschauern!

Der Zuschauer, der jetzt da unten stand und zu mir hoch starrte, hatte kein Eintrittsgeld entrichtet. Soerensen. Ich konnte seinen Gesichtsausdruck aus der Entfernung nicht erkennen, war mir aber sicher, dass es ein amüsiert verächtliches Grinsen war.

In England schickten sie Kinder zum Fegen aufs Dach, die machen sich auch nicht in die Hose, sagte ich mir wieder und wieder. Ich tastete nach Haspel und Besen, zwang mich, in die Knie zu gehen, legte mich auf den Bauch. Fing an, rückwärts zu kriechen, was nicht fachgerecht war, die Gesellenprüfung hätte ich so nicht bestanden, aber egal. Wenn ich fiel, traf ich hoffentlich meinen früheren Lehrer.

3

Eine Seemöwe beschwerte sich penetrant wegen etwas, keine Ahnung, warum. Verschwitzt und wacklig setzte ich mich auf eine Bank, atmete auf und durch, wischte mir die Benommenheit von der Stirn.

Jemand leerte einen Nachttopf auf die Straße. Eine Schnapsdrossel wankte Arm in Arm mit einem Schluckspecht vorbei. Dahinter ein junger Mann mit Hinkefuß, die Hände tief in den Hosentaschen, gefolgt von einem Kind mit Marionettengang, das eine leere Konservendose, befestigt an einer Hundeleine, hinter sich herzog. Ein Zeitungsverkäufer rief die Schlagzeile des Tages aus: Alarm! Tanzbär Knuth in Elmschenhagen ausgebrochen! Ein Automobilist, dem alles viel zu langsam ging, legte sich mit zwei Pferdekutschern an.

Es passierte nicht eben wenig in meiner Stadt, aber keine Schalmeienkapelle blies mir zur Begrüßung in mein neues Leben den Marsch, weder *Vorwärts* noch *Kieler Zeitung* baten um ein Gespräch mit dem deutschen Meister, der nun doch nicht vom Himmel gefallen war.

Wenigstens Soerensen war verschwunden, und die Sonne versuchte nachzuholen, was sie bisher vergessen hatte.

Es läutete sieben Mal. Ein Irrtum, ein Fall für den Uhrmacher! Dass ich zwei Stunden meines Lebens auf diesem gottverdammten Dach verbracht hatte, wollte ich nicht glauben.

Ich verstaute Dach- und Anlegeleiter auf dem Anhänger, ein klapperndes, schepperndes Gestell der Marke Eigenbau, steckte die Fahrradspangen in Knöchelhöhe fest, schwang mich auf den Sattel und fuhr los Richtung Stadtmitte. Nach dem bleiernen Nachmittag fühlte ich mich plötzlich befreit, eine heitere Laune erfasste mich, wie nach einem Glas Sekt; eine Gelassenheit, von der ich wünschte, sie würde für immer bleiben. Ich kannte die Strecke blind, besonders reizvoll hatte ich sie nie gefunden, doch jetzt fielen mir die Auslagen von Auguste Pfefferkorns Kolonialwarenladen auf, die bunte Fassade der *Harmonie*, einem Lichtspieltheater, wo man lebende Bilder zu sehen bekam von Omnibussen, Elektrischen, Militärparaden und Flugapparaten aus Amerika. Von Großstadtmenschen, die zackzack und mit Karacho über Straßen und Plätze flitzten. Ich ließ das Sedansdenkmal und Diederichsens Kohlenhandlung hinter mir, Schlüters Weinlokal und die Kellerwirtschaft *Stadt London* in der Pfaffenstraße. Vollbesetzt wie immer das Café Ullmann, wo es sich Seeoffiziere mit ihren besseren Damen gut gehen ließen.

Mitten und quergestellt auf der holprigen Fahrbahn ein Fuhrwerk, Pferd und Kutscher waren eingeschlafen. Ein Herrenfahrer, Froschbrille, Windschutzkappe, raste mit seinem roten und stinkenden Fahrzeug vorbei, hupte Kinder und Getier aus dem Weg. Ich trat in die Pedale, als gelte es, ein Rennen zu gewinnen. Mein Tag war noch lange nicht zu Ende. Bald ging es vorbei am Restaurant Kaiserhof, trotz des imposanten Namens nicht das erste Haus am Platze, auch nicht das zweite oder dritte. Dort hatten wir am ersten Sonntag im Juni unsere Meisterschaft gefeiert, eine Woche nach dem großen Sieg.

Der Präsident hörte sich nicht so gern reden, wir belohnten ihn mit Bravissimo dafür. Serviererinnen schleppten schäumende Literkrüge. An den Wänden des Festsaals vaterländische Malerei. Überlebensgroß in Öl und Paradeuniform wies uns der Kaiser mit protzigem Ring am Zeigefinger den Weg zum Platz an der Sonne. Ein paar Meter weiter Pulverdampf und Todeskampf. Fliehende Dänen bekamen Preußens Kugeln, Bajonette und Säbel zu spüren.

Der Koch des Hauses, seine fehlende Leibesfülle machte mich skeptisch, meldete sich zu Wort. Punkt zwölf laufe, wie er es nannte, die Meisterspeisung vom Stapel, dafür hafte er mit seiner Berufsehre. Wir spendeten voreilig Applaus und ein Zicke zacke Hoi hoi hoi.

Mittelläufer Georg Krogmann, ein Länderspiel gegen Ungarn, hatte schon früh eine verknotete Zunge.

Er erzählte Witze, deren Pointe er entweder im Nachhinein noch einmal ausführlich erklärte oder vergessen hatte. Hinrich Reese, Left Defender, trank Tee und Sinalco. Seine Verlobte habe ihm, wie er sagte, etwas besonders Schönes versprochen, falls er nachmittags nüchtern zum Rendezvous erscheine. Die Spekulationen der Trinker über den Begriff *besonders schön* trieben Hinrich die Röte ins Gesicht. Mein jüngerer Bruder Fred, der das Finale wegen einer Knieverletzung verpasst hatte, wusste aus sicherer Quelle, dass die Spieler des englischen Meisters Blackburn Rovers mit viel Geld belohnt worden waren. Kein Taschengeld, volle Taschen!

Ungläubiges Kopfschütteln, dem nachdenkliches Schweigen folgte, bis Ernst Möller, Siegtorschütze gegen Karlsruhe per Penalty, die Feier mit weiterer Trübsal würzte, als er sagte, in England hätten alle Mannschaften einen Trainer, der aus lahmen Gäulen Rennpferde machte und aus einem Bolzplatz eine Spielstätte. Und bei uns hat nicht mal die Nationalmannschaft einen!

Da meldeten sich die Gebrüder Fick, beide Forwards, zu Wort. Wer hat denn einen Trainer, sogar einen englischen, he?, fragte Hugo Fick, und Willi gab gleich die Antwort: Der FV Karlsruhe!

Das brachte die Stimmung wieder ins Lot. Weil fast alle rauchten wie die Schlote, wurde der Sauerstoff knapp. Wir stimmten die Kaiserhymne *Heil dir im Siegerkranz* an, wählten aber statt des patriotischen Reims *Herrscher des Vaterlands* die Version, die Majestät nicht gefallen hätte: *Kartoffeln mit Heringsschwanz.*

Mein Bruder blieb unbeeindruckt vom HipHipHurra. Fred nippte an seinem Selterswasser und brütete vor sich hin. Die unglücklich verpasste Endspielteilnahme steckte ihm noch in den Knochen. Während wir anderen den Bierdurst genossen, ließ er uns an seiner düsteren Laune teilhaben. Er war dafür, unsere Vereinsfarben Blau-Weiß-Rot in preußisches Schwarz-Weiß zu ändern. Es kotze ihn an, bei Auswärtsspielen wie zuletzt bei Viktoria Berlin als Franzmann und Verräter des Vaterlands beschimpft zu werden.

Du spinnst wohl!, riefen die Gebrüder Fick synchron, und auch der sonst so bedächtige Ernst Möller geriet in Rage. Unsere schönen Landesfarben lassen wir uns von keinem Doofkopp nehmen, genauso wenig wie das große Holstein-H auf Tracht und Herz. Basta!

Ein Suppenhuhn, dem Koch bei lebendigem Leib entkommen, machte kurz Furore. Georg Krogmann, gerade noch bei einer Kellnerin mit seinem Heiratsantrag abgeblitzt, hielt nun zärtlich das Huhn statt der hübschen Frau auf dem Schoß und erwog, Vegetarier zu werden. Wir stießen auf die Ostsee an, ließen die Nordsee hochleben, wünschten uns in die Südsee. Mir wurde etwas schwummrig, der aufrechte Gang zum Pissoir kam nicht ohne ein paar Krümmungen aus.

Bei meiner Rückkehr war es soweit: Das Festmahl wurde aufgetischt. Doch für den Hirschbraten *Hassee-Winterbeker Waidmannsschmaus* hatte kein Zwölfender sterben müssen; auf welchen Pfaden auch immer waren Schuhsohlen in die Bratpfanne gelangt. Lob hatte auch das *Zürcher Gemüseallerlei* nicht verdient: Rezeptur und matschige Zubereitung, da waren sich alle einig, konnten nicht vom mondänen Stil der Schweiz inspiriert sein. Dieses Fiasko war also Elmshorn anzulasten, Bad Oldesloe oder wo auch immer die Wurzeln des Kochs sich befanden. Ich schob den Teller außer Reichweite, bestellte noch ein Bier. Bei den Blackburn Rovers hatten sie nach Auszahlung der fetten Siegprämie garantiert Champagner zum Kaviar gereicht.

Es war immer noch Freitag, der 21. Juni. Mit meiner inneren Ruhe und Beschaulichkeit nach den verlorenen Stunden auf dem Dach würde es gleich vorbei sein. Den freiheitsliebenden Tanzbär Knuth traf keine Schuld, unsere Wege kreuzten sich nicht.

Im Treppenhaus eilte Frau Petzoldt der Geruch ihrer berüchtigten Aalsuppe voraus, ungenießbar selbst für einen Verhungernden. Ich war gerade dabei, meine Zimmertür zu öffnen, als ich die Wirtin hörte. Ihre stampfenden Schritte mit den hellgrauen, klobigen Gesundheitsschuhen sorgten für Lärm auf der Holztreppe, die eh schon bei der geringsten Berührung knarrte wie ein Geisterschiff im Nebel.

    Ein Telegramm, ein Telegramm!

    Ich wollte es der Botin aus der Hand nehmen, doch die schob sich an mir vorbei in mein Zimmer. Doch nicht in der Öffentlichkeit, Herr Werner, wer weiß, um was es sich handelt!

Frau Petzoldt, nach eigener Aussage Witwe von Beruf – ihr Mann war auf See geblieben, drei Wochen nach der Hochzeit –, verschwendete ihre resolute Begabung fürs Pädagogische wieder mal an mir. Erst nachdem ich die Tür geschlossen und so für Geheimhaltung gesorgt hatte, reichte sie mir den Umschlag. Der war mit viel Sorgfalt zugeklebt, und weil ich keinen Brieföffner besaß, kam es zu einer längeren, nervösen Fetzerei. Frau Petzoldt inspizierte währenddessen mit verschränkten Armen und bodenlanger Kittelschürze das ihr wohlbekannte, nur mit dem Nötigsten und einem Pappkoffer möblierte Zimmer, dazu die mit Heftzwecken angebrachten Portraits von Karl Marx und August Bebel, Ersatz für das enorme Jesuskreuz, das ich schon am Tag meines Einzugs unters Bett geschoben hatte, erstaunlicherweise ungerügt von der Vermieterin.

Im Ton eines Marschbefehls teilte mir der Bundesspielausschuss mit, aufgrund der im Mai erfolgten Nominierung durch den Norddeutschen Verband für das olympische Turnier in Stockholm, Schweden, hätte ich mich am 25. Juni pünktlich morgens um halb 6 Uhr im Kieler Hafen an Bord des Schulschiffs Seiner Majestät *Vineta* einzufinden, zwecks Passage und mit den üblichen Utensilien ausgestattet für mindestens acht Tage Abwesenheit von der Heimat sowie einem gültigen Lichtbildausweis des Deutschen Reiches.

Verdammt, sagte ich, die können mich mal.

Schiet un Mastbruch, seggn all die Seelüd, antwortete Frau Petzoldt mitfühlend, aber ohne zu wissen, worum es ging.

Ich war mit der Nationalmannschaft schon mal im Ausland gewesen, in Holland beim für mich unseligen 5 : 5, sogar in Oxford, England, beim noch finstereren 0 : 9, hatte aber nicht viel gesehen von der Welt, nur Bahnhöfe, Promenadendecks zweiter Klasse, Sportplätze und Unterkünfte mit verschnarchten Mehrbettzimmern. Trotz großer Eile waren zwei oder drei Werktage dabei draufgegangen, die ich auf die Minute nacharbeiten musste. Beim letzten Mal im April hatte Schornsteinfegermeister Lutter gesagt, jetzt sei Schluss mit der englischen Krankheit, der ewigen Fußlümmelei, und damit gedroht, mich beim nächsten Reisevorhaben rauszuschmeißen. Mit dem olympischen Geist musste ich ihm also gar nicht erst kommen, für ihn ein Schreckgespenst.

Noch etwas verdarb mir jede Reiselust. Am 26. Juni war der Geburtstag meiner lieben Genossin Leonie. Sie hatte mich zu sich eingeladen und dabei beiläufig erwähnt, ich sei ihr einziger Gast.

Schweden?, sagte Frau Petzoldt. Da müsste ich aber unbedingt Wintersachen einpacken, denn Sommer wie bei uns, das wisse sie ganz genau von ihrem versunkenen Seemann, gäbe es dort nicht. Skan-di-na-vi-en!

Ich muss wohl schwer deprimiert ausgeschaut haben, denn die Wirtin kniff tröstend meinen Arm und sagte: De Kieler Sprotten, de lopt in groten Swarm. Wie es mit einem Teller Aalsuppe sei? Der helfe über jeden Kummer hinweg, wecke alle Lebensgeister.

Bedauere zutiefst, antwortete ich nicht ganz wahrheitsgemäß, aber ich müsse auf der Stelle los, dringende Verabredung – und das war keine Notlüge.

Mitte Juli wollten wir für den Frieden und die Einheit der internationalen Arbeiterklasse demonstrieren, kilometerlang von der Stadtmitte zum Kriegshafen. Auch französische Sozialisten hatten ihre Teilnahme zugesagt. Jean Jaurès, ihr Vorsitzender, würde eine Rede halten.

Leonie und ich waren mit Quast und Kleister unterwegs, um Plakate mit Aufrufen für den großen Marsch an Wände und Hausmauern zu kleben. Der Schutz der Dunkelheit ließ zu wünschen übrig, es war Vollmond und der Laternenanzünder längst tätig gewesen. Wir bogen von der Bahnhof- in die Holstenstraße ein.

Als ich noch ein halbes Kind war und mein Bruder Fred ein ganzes, hatten wir hier, Kopf an Kopf mit dem Rest der Stadt, den siegreichen Chinakriegern zugejubelt, die ins fahnengeschmückte, Hüte schwenkende Pickelhaubenparadies heimkehrten. Voran berittene Schutzmänner mit erhobenem Säbel, dahinter schmetternde Musikanten, Trommler, Pfeifer und anderes Gebläse. Gefesselte Chinesen wurden vorgeführt, ihre schrägen Augen und langen Zöpfe bestaunt und verlacht. Stumm und ergeben und in bunten Gewändern hatten sie wenig Ähnlichkeit mit aufständischen Totschlägern, Mördern von deutschen Soldaten und Missionaren, wie sie uns die Propaganda angekündigt hatte.

Adolf, träumst du?, fragte Leonie.

Damit ich bequem kleistern konnte, drückte sie mit beiden Händen die Rückseite eines Plakats gegen eine Wand. Leonie war die Einzige, die mich mit meinem richtigen Namen anredete, mit vornehm langgezogenem A. Alle anderen, einschließlich mir selbst, riefen mich Adsch. Adolf klang nach Kläffer, Dackel oder Rehpinscher, jedenfalls unsympathisch. Nur Gottlieb war noch schlimmer. Kam mein offizieller Name allerdings über Leonies Lippen, war er einigermaßen auszuhalten.

Inzwischen gefiel mir ihre neue Frisur. Anfangs war ich erschrocken gewesen, hatte sie kaum erkannt, als ich sie mit kurzen Haaren sah, zwar nicht gescheitelt wie bei einem Mann, aber auf den ersten Blick unweiblich. Allein der Gedanke, dass der Friseur ihre schönen langen Haare, früher kunstvoll geflochten und am Hinterkopf hochgesteckt, in einen Abfalleimer gekehrt hatte, machte mich traurig, obwohl es mich nichts anging. Oder nur ein bisschen, so um die zehn bis zwanzig Prozent.

Leonies Kleid hing locker von den Schultern herab, ohne Schnüre oder andere Fesseln. Sogar in der Partei gab es deswegen böse Blicke. Sie lasse sich nicht einengen, hatte ich sie mal sagen hören, von nichts und niemand und schon gar nicht von einem Korsett.

Hinter Fenstern das Flackern von Kerzen und Petroleumleuchten. Die Ehe und zu viele Kinder sorgten für Krach. Eine gebeugte, heulende Frau kam uns entgegen. Ihr sei das Pottmunutje, das Portemonnaie, geklaut worden, mit zwei silbernen Zwanzigpfennigstücken, jammerte sie und hielt mir ihre rechte Hand hin. Ich gab ihr Kleingeld, da lachte sie zahnlos meckernd, eher höhnisch als froh, und verschwand erstaunlich behende in einer dunklen Gasse.

Eine Berufsbettlerin, sagte Leonie. Du hättest ihr nichts geben sollen. Almosen lösen die soziale Frage nicht.

Die Gefahr, dass die Alte von den paar Kröten eine Fabrik mit zweihundert unterbezahlten Lohnsklaven gründet, ist eher unwahrscheinlich, antwortete ich nicht ganz linientreu.

Seitdem Leonie kurze Haare hatte, trug sie keinen Hut mehr, sondern eine Baskenmütze. Es war kühl für einen Abend im späten Juni. Wir wichen Dreckhaufen und angstfreien Ratten aus. Ein Mann mit Schiffermütze und Vollbart, ohne jede Begabung für Gesang, trällerte *Mein Hut, der hat drei Ecken, drei Ecken hat mein Hut*. Die Stimmen streitender Frauen wetteiferten mit ihm. Bis zum Hohenzollernpark war es nicht mehr weit, ich hatte schon den Modergeruch des Teichs in der Nase. Gerade wollte ich Leonie von der Einladung nach Stockholm erzählen, als wir hässliches Gelächter hörten.

Unser frisch geklebtes Plakat wurde von der Wand gerissen und zerfetzt.

Zur Rede gestellt, nannten sie uns Friedensfeiglinge, Vaterlandslose, die mit dem Erbfeind gemeinsame Sache machten. Es waren zwei Gymnasiasten, die Kappe schwarz-weiß-rot umflort, dazu lächerliche Knickerbocker.

Der Große Schnitter muss endlich seine Sense wetzen, sagte einer, mit übergroßer Geste wie fürs Schülertheater einstudiert. Der andere sekundierte in ähnlicher Pose: Krieg muss her, es ist so stickig, die Welt muss gelüftet werden!

Bürgersöhnchen, verdammte Idioten!, schrie Leonie.

Schnauze, Mannweib!

Ich brachte Torwartgröße und geballte Arbeiterfaust ins Spiel, sparte nicht an Stimme. Das überzeugte die Maulhelden. Aus sicherer Entfernung drohten sie, uns beim nächsten Treffen einen Kopf kürzer zu machen.

Leonie ärgerte sich, den Kleister nicht als Waffe benutzt zu haben. Um sie auf andere Gedanken zu bringen, wollte ich ihr nun von der Stockholm-Sache erzählen, da umarmte sie mich unvermittelt. Ihr Kuss war das Schönste, was ich bisher erlebt hatte, schöner als die deutsche Meisterschaft, bis Leonie ihre Zunge in meinen Mund schob. Mit sowas hatte ich wirklich nicht gerechnet, vor Schreck stießen meine Vorderzähne gegen ihre.

Küsst du immer mit den Zähnen?, fragte sie.

Und du mit der Zunge?, fragte ich und wusste im selben Moment, dass ich besser geschwiegen hätte. Leonie lachte und lachte. Es war ausgerechnet die

Polente, die mich aus schlimmster Verlegenheit rettete. Trillerpfeifen und gebellte Befehle. Wir nahmen uns an die Hand. Meine Genossin hätte, wie sich herausstellte, ebenfalls einen Startplatz bei den Olympischen Spielen verdient gehabt, und ich hatte nie zu den Keepern gehört, die lauffaul auf der Torlinie festklebten.

Wir kletterten über eine verwitterte, bröcklige Mauer, fanden in einem Hinterhof ein Versteck zwischen Kaninchenstall, Strohballen und einem Heringsfass ohne Inhalt, aber mit Duft. Es gab bestimmt romantischere Orte.

Nimm mich mit, sagte Leonie außer Atem und in das vom Mond beschienene Versteck. Sie legte ihre Arme um mich, küsste mein Gesicht, meinen Hals.

Ich dachte an mein Zimmer und an Frau Petzoldt, die um diese Zeit nicht mehr Wache hielt. Leonie dachte aber geografisch viel weiter als ich. Nach Schweden, sagte sie. War noch nie im Ausland, nicht mal in Dänemark.

Schweden?, sagte ich ziemlich perplex. Wie kommst du denn darauf?

Jetzt tu nicht so! Steht doch heute lang und breit in der *Kieler*. Und dass dein Meister Lutter stolz darauf ist, einen Nationalspieler beschäftigen zu dürfen, der bestimmt seine vaterländische Pflicht erfüllen und demnächst mit einer olympischen Goldmedaille heimkehren wird.

Mir gegenüber hatte Lutter mit keiner Silbe seinen plötzlichen Sinneswandel erwähnt, nicht die kleinste

Andeutung. Aber wenn das stimmte, was die Zeitung schrieb, war entweder der Meister, erklärter Feind jeder Engländerei, dem Wahnsinn verfallen – oder die Hand Gottes hatte eingegriffen. Dann aber musste ich vieles, unter Umständen alles überdenken, woran ich bisher nicht geglaubt hatte. Osterhase und Christkind. Hohenzollern, Weihrauch, Krupp und Deutsche Bank.

Soerensen machte mir immer noch zu schaffen, ich wurde seinen bösen Geist nicht los. *Italiener.* Es hätte mich schlimmer treffen können. Polacke, Zigeuner, Hottentotte, Itzig. Italien war berühmt für Rom, Venedig und Florenz, für schönes Wetter und Wein. Das Deutsche Reich und Italien waren befreundet. Soerensen hatte das Wort trotzdem wie ein Spuckwort benutzt, ähnlich wie *Tränentrine* für Willi Kaiser.

Um etwas dazu zu verdienen, ließen meine Eltern Kostgänger bei uns wohnen, die unterm Küchentisch oder in einem fensterlosen Kabuff schliefen. Ich erinnerte mich an verlotterte Gestalten mit schlechten oder gar keinen Zähnen, Hafenarbeiter, Schlachter mit Narben im Gesicht und an den Pranken. Schnaps tranken sie aus Wassergläsern oder aus der Flasche.

Und wenn nun ausnahmsweise mal ein Hübscher darunter gewesen wäre, ein Luigi, Ricardo oder Enzo, und meine Mutter hätte sich einmal vergessen, sich einen schwachen Moment erlaubt? Ausgeschlossen, sie war evangelisch durch und durch, Genuss und Ausschweifung lagen ihr fern wie der Mond, die Angst vor ewigem Höllenfeuer saß ihr im Nacken, bestimmte ihr Leben. Mit dem Messer zeichnete sie ein großes Kreuz auf jedes Brot, das sie anschnitt, las bei Gewitter und Hagel laut aus der Bibel vor, putzte samstags unentgeltlich die Kirche. Manchmal fuhr sie mir durch die schwarzen Haare und lobte sie, weil die so kräftig waren – und sie an jemanden erinnerten?

Mein Vater hatte mich strenger behandelt als meine beiden jüngeren und blonden Brüder. Ich glaube nicht, dass er mich jemals geküsst hat.

Umgekehrt auch nicht bis auf ein Mal. Da hatte er mehr als sonst getrunken und mir abends die Stirn hingehalten.

Um die trüben Gedanken loszuwerden, versuchte ich, mich auf die Rede von Dr. Hans Hofmann zu konzentrieren. Der Zweite Vorsitzende des Deutschen Fußballbundes, DFB, war unser Mannschaftsführer. Mit Ende zwanzig und trotz seines starken rheinischen Tonfalls hatte er es schon weit gebracht. In seinem Gesicht war viel Platz für Röte, ein stattlicher Schnurrbart machte fehlende Augenbrauen wett. Gemächlicher Gang, assistiert von einem silbernen Gehstock, verrieten den Wunsch nach einer gewissen Alterswürde. Er trug Frack und hatte vergessen, seinen Hut abzunehmen, vielleicht vor Aufregung über das Ergebnis der Auslosung für das Achtelfinale, das soeben per Morsealphabet empfangen und Hofmann durch einen Offiziersanwärter übermittelt worden war. Wir hofften auf die schwachen Italiener, Finnland oder Norwegen.

Männer, sagte Hofmann und räusperte sich, enschuldijense bitte, wie ich jrad jesehn hab, et is leider Österreich jeworden.

Seiner Majestät Dampfer *Vineta*, ein gut hundert Meter langer, zum Schulschiff für Seekadetten und Schiffsjungen umgebauter Panzerkreuzer, glitt friedlich durchs Wasser, aber wir sahen uns an und stöhnten wie Seekranke.

Die Engländer waren unschlagbar, die Österreicher hatten neben den Dänen Aussichten auf den zweiten Platz, die Silbermedaille. Vergangenes Jahr im September hatten sie Katz und Maus mit uns gespielt, uns genarrt nach Strich und Faden. Sie waren wendiger, cleverer, hatten sich in Dresden wie zu Hause gefühlt. Provozierend lässige Künstlertypen, Lackschuh gegen Holzlatschen, so hatte es ausgesehen. Zum Glück gelang unserem Mittelstürmer, passend zum Wochentag, ein Sonntagsschuss, und die Österreicher vergaben leichtfertig beste Chancen, als handelten sie auf Weisung ihrer Regierung, bloß nicht die harmonischen Beziehungen zum Deutschen Reich mit Füßen zu treten. Darüber hinaus hielt ich ganz gut; von bestechender Form, wie manches Blatt schrieb, würde ich persönlich nicht sprechen, nein.

Der Schlusspfiff nahte, drei Minuten höchstens noch, die Österreicher führten 2 : 1, wir hatten keinen Grund, uns zu beklagen, als Eugen Kipp seine Müdigkeit ablegte, zum ersten Mal an diesem zehnten September den Ball eroberte und in den Strafraum stürmte, wo er vom österreichischen Keeper mit einem kriminell ruppigen

Rempler von den Beinen geholt wurde. Eugen überlebte, diese Bärennatur wollte den fälligen Elfmeter selbst schießen. Ein schmeichelhaftes, unverdientes Unentschieden, aber wen interessierte sowas einen Tag später noch? Den niederländischen Schiedsrichter, sein Name: Herbert James Willing. Er behauptete, das Spiel zwei Sekunden vor dem Foul mit einem Pfiff beendet zu haben, denn da seien die neunzig Minuten ganz genau vorbei gewesen.

Kopf hoch, sagte Hofmann und nahm endlich seinen Hut ab, am Samstach sin se dran.

Der Doktor stand, der Rest, zweiundzwanzig Spieler, dazu befrackte Würdenträger von DFB und Landesverbänden, saß in der trostlos grauen, weitläufigen Schiffskantine. Es roch nach Fisch, Sauerkraut und gebratenem Speck.

Draußen auf Deck das ununterbrochene Gebrüll der Unteroffiziere, die jungen Kadetten, Kinder fast noch, das Leben zur Hölle machten.

Unbeeindruckt davon setzte Hofmann zu einer Lobrede auf die kaiserliche Marine an, die uns, im Rahmen einer nordischen Manöverfahrt, kostenlos nach Schweden transportierte. Ein dreifaches Hoch!

Daraus wurde nichts. Mittelläufer Sepp Glaser, genannt Professor, bemängelte die Hungerleider-Verpflegung und nächtliche Unterbringung in Hängematten, nah an den Schiffsmotoren und dem Schnarchen hunderter Matrosen. Die Herren Funktionäre dagegen hätten sich nach einem üppigen Abendmahl in der Offiziersmesse zur wohlverdienten Ruhe in ihre

Einzelkabinen der Komfortklasse begeben. Daher sein Vorschlag: Bestens genährt und ausgeruht, sollten *sie* die anstehenden Länderspiele bestreiten. Von Herzen viel Erfolg!

Stehender Applaus seitens der Spieler, Empörung bei den Honoratioren. Sie fuchtelten herum, vergriffen sich im Ton. Undeutsche Respektlosigkeit, Flegel, Strolch! Der Delegierte des sächsischen Landesverbandes appellierte an unseren Kameraden vom Freiburger FC, sich auf der Stelle in ein Beiboot zu begeben und in die Heimat zurück zu paddeln. Der Professor, ohne Augengläser und Gelehrtenbart, reagierte mit einem müden Lächeln.

Hofmann versuchte mit beiden Händen, die Wogen zu glätten. Er sprach von bedauerlichen Missverständnissen und rascher Wiedergutmachung. Der DFB habe für Spieler und Delegation Doppelzimmer hervorragender Qualität im Hotel *Kronprinz* im Herzen Stockholms gemietet. Aufgepasst: mit Badewanne! Die Finnen zum Beispiel hausten in einer Jugendherberge, die Ungarn in Hausbooten, die Norweger, kein Scherz!, in Notzelten vom Roten Kreuz.

Gebucht seien die Zimmer im *Kronprinz* für die Dauer des ge-sam-ten Turniers. Denn Deutschland spielt im Finale um die Joldmedalje, da sin wir uns vom Deutschen Fußballbund janz sischer!

Der Beifall, den er für seine frohe Botschaft erntete, war nicht unfreundlich, aber verhalten, nur flauer Wind gegen Glasers Sturm. Eingeschnappt verlas der Doktor monoton die vom Bundesspielausschuss beschlossene Mannschaftsaufstellung für die Partie gegen Österreich. Albert Weber von Vorwärts 90 Berlin würde im Tor stehen.

Das gab mir einen heftigen Stich, in meinen Ohren ein quälender Pfeifton. Als Keeper des deutschen Meisters hatte ich fest mit einem Einsatz gerechnet. Außerdem hatte ich die Erfahrung von elf internationalen Spielen, Weber war im vergangenen Mai nur deshalb gegen die Schweiz dabei gewesen, weil ich mir im Training die rechte Hand verstaucht hatte.

Albert war Schlosser, er gehörte wie ich zur Minderheit in der Mannschaft, die sich die Hände schmutzig machen musste, um am Ende der Woche etwas in der Lohntüte zu haben. Trotzdem musste ich mich zwingen, ihm zuzulächeln. Er strahlte zurück. Georg Krogmann und Hinrich Reese, meine Kieler Vereinskameraden, kamen zu mir, Georg sagte: Wenn du mit dem nächsten Dampfer nach Hause schippern willst, wir sind dabei.

Das war zu viel. Ich stand schnell auf und rettete mich in eine, fünfzig Meter entfernte und nicht frequentierte Ecke der Schiffskantine.

Meine ersten Schritte an Land führten mich an einer toten Möwe vorbei. Ich war nicht abergläubisch, höchstens ein bisschen. Wie im Kieler Hafen roch es auch in Stockholm nach Teer, Fisch, Muschelkalk und Seetangparfüm. Dass der prophezeite Schieferhimmel hellblau, nahezu wolkenlos war und die Nachmittagssonne glühte, ärgerte und beunruhigte mich.

Im Zollhaus unweit der Anlegestelle produzierten Bauarbeiter Lärm und Staubwolken. Die Uniform der schwedischen Beamten hätte dem Kaiser gefallen: viel Schnickschnack, Klimbim und Zinnober. Die Mütze mit dem breiten gelben Band über dem Schirm dagegen schlicht, fast flott. Die Zöllner waren keine Preußen, sie winkten die Passagiere der *Vineta* durch, beließen es bei zwei Stichproben. Die Kontrolle des riesigen, auf einem Rollbrett befestigten Koffers von Dr. Hofmann war schnell erledigt. Dann kam ich an die Reihe, und es wurde problematisch. Die Zöllner zogen einzelne Kleidungsstücke aus meinem Koffer, eine lange Unterhose, einen Schal, Wollhandschuhe, begutachteten sie, ebenso belustigt wie misstrauisch. Ein Dritter gesellte sich dazu, seine Uniform wies noch mehr Dekoration auf. Nachdem er einen Winterpullover, ein Paar dicke Socken hochgehalten hatte, lachte er kurz und ungemütlich, und schaute mich dabei an wie ein besonders hässliches Insekt. Die Worte, die er dann an mich richtete, verstand ich wegen des Baulärms und der fremden Sprache nicht.

Lennart Gren, unser schwedischer Betreuer, musste her, war aber nirgendwo zu sehen. Gren, Mitte zwanzig, schlaksig, wildes, rötliches Haar, hatte uns von Bord gelotst. Wir duzen uns, waren seine Begrüßungsworte, bevor er sich als Sohn einer Hamburgerin und eines Stockholmers vorstellte, und jederzeit für uns im Einsatz.

Während ich wie ein frisch ertappter Schmuggler dastand, defilierten einige Mannschaftskameraden und Delegierte an meinem weit geöffneten Koffer vorbei, warfen mehr oder weniger diskret Blicke auf dessen Inhalt, nahmen mit falschem Pelz gefütterte Stiefel wie kleine Naturwunder in Augenschein. Der nordbadische Abgesandte angelte sich, von den Beamten unbeanstandet, meine Reiselektüre, Rosa Luxemburgs *Sozialreform oder Revolution?*, und blätterte mit versteinerter Miene darin. Als ich ihm das Buch aus der Hand riss, beschwerte er sich über unhöfliches Verhalten meinerseits.

Endlich stand Gren neben mir, Georg Krogmann hatte ihn am Kai beim Beobachten eines anlegenden australischen Großseglers entdeckt. Gren schien seiner Aufgabe gewachsen zu sein, mein Ärger verflog peu à peu. Nach einem zuversichtlichen Klaps auf meine Schulter trat er seinen uniformierten Landsleuten mit fester Stimme entgegen, ganz und gar nicht unterwürfig. Die Verhandlungen zogen sich hin.

Sie fragen sich und dich, ob dein Reiseziel der Nordpol ist, sagte Gren. Sag laut und deutlich ja, verstanden?

Gren grinste verschwörerisch.

Aber ich will doch gar nicht zum Nordpol!, sagte ich und vermasselte, Grens Gesichtsausdruck nach zu urteilen, seinen Plan.

Sie lassen keinen Geisteskranken ins Land, sagte er langsam, Wort für Wort, damit ich endlich verstand. Und Winterklamotten bei über dreißig Grad sind irre, oder nicht?

Frau Petzoldt hatte mir mit ihrer Besserwisserei die Blamage meines Lebens beschert. Von wegen *Skandi-na-vien, Winter auch im Sommer*! Also hatte ich meinen Koffer nach den Anweisungen der Zimmerwirtin gepackt. Jedenfalls konnte sie bis zu ihrem hundertzehnten Geburtstag auf die versprochene Ansichtskarte aus der schwedischen Hauptstadt warten, das schwor ich mir.

Herrgott im Himmel, was ist denn hier *los*?, rief Dr. Hofmann in eiskaltem Hochdeutsch und mit vorwurfsvollem Blick auf mich. Wenn das so weitergeht beziehungsweise nicht weitergeht, verpassen wir noch das Abendessen, was sag ich, das Endspiel!

Vor dem Zollhaus wartete ein Pferdewagen auf unser Gepäck. Eine Wohltat, dass mir der Anblick meines Koffers für einige Zeit erspart blieb. Unser Betreuer schlug vor, statt die Tram zu nehmen, sportlich zu Fuß zum Hotel zu gehen. Niemand widersprach, und so setzte sich Gren an die Spitze des Zuges. Er hielt ein deutsches Reichsfähnchen in die Höhe, eine Art Leuchtturm für die, die den Anschluss an die Gruppe und die Orientierung in der Hauptstadt zu verlieren drohten.

Die nah am Hafen gelegene Altstadt hieß Gamla Stan, erfuhren wir, es gab sie seit dem dreizehnten Jahrhundert. Sie lag auf der Insel Stadsholmen, und die Tyska Kyrkan, die deutsche Kirche, war das höchste Gebäude. Wie könnte es auch anders sein, rief Gren, und wurde mit patriotischer Heiterkeit belohnt. Der Mann wusste, wie man die Kundschaft bei Laune hielt.

Der Fremdenführer lenkte die Aufmerksamkeit auf eine weitere Kirche. Ich fand gutgekleidete Frauen, die uns unterwegs begegneten, attraktiver, und Häuserfassaden in Gelb, Rot und Orange waren mir neu. Straßen und Trottoirs ohne Müll und Hundekot. Als wir eine Brücke passierten, beugte ich mich weit über das Geländer und schaute in die Tiefe. Ich hielt das ohne Schwindelgefühl aus.

Zum ersten Mal sah ich eine Frau am Steuer. Sie fuhr in einem dunkelgrünen Automobil vorbei, eine Hand am Lenkrad, mit der anderen hielt sie ihren weißen Hut fest. Ihr Fahrstil war forsch, allerdings auf der falschen Straßenseite. Gren lachte. Linksverkehr, sagte er, und dass wir nun den Höhepunkt der Führung erreicht hätten. Er zwinkerte vielsagend und zeigte auf ein unscheinbares Gebäude, grau wie eine Steuerbehörde, in dem sich das deutsche Bierlokal *Zum Heidelberg* befand. Freunde, hier begießen wir unsere Siege!, rief ein Delegierter mit bayrischem Akzent. Viele schienen nicht abgeneigt, zukünftige Erfolge bereits in der Gegenwart zu feiern, und so ging es mit dem Zug durch die Altstadt nur träge und lustlos weiter.

Überall schwedische Fahnen, kein Schaufenster ohne das ungerührt dreinschauende Königspaar. Bettelnde Kinder, Elendsquartiere und die nordische Schwermut, vor der die welterfahrene Frau Petzold eindringlich gewarnt hatte, fanden in Gamla Stan nicht statt.

Im Hoteleingang roch es nach Putzmittel mit Waldmeistergeschmack. Jemand wies mich darauf hin, dass meine Nase blute. Es war wieder mal nicht mein Tag. Ich folgte dem Wegweiser *Toalett*.

Lavendelduft, Waschbecken aus Marmor, fließendes Wasser und ein goldgerahmter Kristallspiegel, der mir ein verschmiertes Gesicht zeigte. Mein großes weißes Taschentuch wurde zu einer kleinen roten Fahne. Ich legte den Kopf in den Nacken, schluckte und schluckte.

Wasserrauschen, ein Mann kam aus einer Kabine und stellte sich neben mich, um seine Hände zu waschen. Er war gekleidet wie ein Europäer, seine Haut tiefschwarz. Weil ich früher schon Afrikaner gesehen hatte, war ich nicht allzusehr verwundert.

Nach dem niedergeschlagenen Aufstand der Hereros in der deutschen Kolonie Südwestafrika waren

Gefangene, Männer, Frauen und Kinder, die meisten fast nackt und völlig erschöpft, vom Kieler Hafen zum Bahnhof getrieben worden. Es war der Tag, an dem ich die Gesellenprüfung mit einiger Bravour bestanden hatte und meine Lehrzeit endete. Ich war unterwegs zur *Blauen Möwe*, wo ich mir zur Feier des Tages Bier und Klaren gönnen wollte, als die Afrikaner, durch rasselnde Eisenketten miteinander verbunden, von unseren Soldaten mit Gewehrkolben und Fußtritten an mir vorbei getrieben wurden. Am nächsten Tag war in der *Kieler Zeitung* zu lesen, die ungehorsamen, gefährlichen Wilden würden in Zoos und im Zirkus Hagenbeck ausgestellt.

Der Mann gab mir zu verstehen, es sei ein Fehler, den Kopf in den Nacken zu legen. Er drückte Daumen und Zeigefinger fest auf seinen Nasenrücken und forderte mich auf, es ihm gleichzutun. Während ich seinen Anweisungen folgte, wusch sich der Mann in aller Ausführlichkeit die Hände, trocknete sie ab, als sei das seine Lieblingsbeschäftigung, und überprüfte zuletzt im Spiegel das Weiß seiner Zähne, bevor er mir durch ein Fingerschnippen andeutete, ich könne meine Nase jetzt loslassen. Sein lautes Lachen über meine Verblüffung, dass die Blutung gestillt war, hallte nach.

Der Speisesaal des Kronprinzen-Hotels war angenehm kühl und hergerichtet wie für einen Besuch des Kriegsministers und seiner Generäle. In allen vier Ecken hatte man eine Ritterrüstung aufgestellt, auf Wandgemälden wurde blutig gestorben und glänzend gesiegt.

Als sei diese Sitzordnung Vorschrift, hatten sich Karlsruher mit Karlsruhern verbunden, Berliner Seite an Seite mit Berlinern, auch wir drei Kieler waren nicht aus der Reihe getanzt. Dr. Hofmann begann seine Tischrede mit der Frage, ob alle mit dem Hotel zufrieden seien.

Es gab die versprochene Badewanne und sogar einen kleinen Balkon, den ich sofort ausprobierte. Ohne Angst und Schwindelgefühl gelang der Blick vom dritten Stock. Das Königspaar, Gustav V. und seine Viktoria, hing auch schon da, das Lächeln fiel ihnen unverändert schwer. Das störte mich weniger als das Doppelbett, das sich nicht in zwei getrennte Liegen zerlegen ließ. Gibt Schlimmeres, sagte Lennart Gren, mein Zimmergenosse. Als ich vom Nasenbluten zurückgekommen war, stand an der Rezeption nur noch unser Führer und Betreuer, meinen unseligen Koffer neben sich.

Das Bedienungspersonal schob Servierwagen mit der Vorspeise in den Saal. Lachs, für mich der König der Meere, raunte mir mein Gegenüber Julle Hirsch kennerisch zu und brachte schon mal Stoffserviette, Messer und Gabel in Stellung. Hoffen wir, dass der Doktor bald ein glückliches Ende findet!

Von wegen. Als wollte er uns partout den Appetit verderben, verkündete Hofmann den Namen des Schiedsrichters für das Spiel am nächsten Tag: Herbert James Willing aus den Niederlanden. Der Referee mit der empfindlich genauen Uhr, der Mann, dessen Herz im vergangenen Jahr in Dresden im Wiener Walzertakt geschlagen hatte. Hofmann solle auf der Stelle Protest einlegen, forderten einige und sprachen erregt von Schiebung, nur Julle war mit seinen Gedanken woanders: Leute, der Lachs wird schlecht!

Hofmann gab sich alle Mühe, die Aufregung mit treuherzigem Blick und krampflösendem rheinischen Singsang zu dämpfen. Männer, beruhischt euch! Die Linienrichter kämen aus Schweden, und der Schwede sei dem Deutschen, vielleicht abgesehen vom Dreißigjährigen Krieg, lange her, immer gewogen gewesen.

Viel leiser wurde es auch jetzt nicht. Zudem scharrten Kellner und Serviererinnen, klimperten mit Besteck, hüstelten. Nur ein Minütchen noch, versprach der Doktor und schaltete wichtig auf Hochdeutsch um. Von mehreren Seiten sei man mit der Frage an ihn herangetreten, warum das Fußballturnier nur im Vorprogramm der Spiele abgehalten, die offizielle Eröffnung erst danach gefeiert werde. Lassen Sie es mich so sagen, sagte Hofmann. Natürlich gehören wir Fußballer zur olympischen Familie. Aber wie in jeder Familie gibt es neben den Sonnenscheinchen auch die bucklige, nicht ganz standesgemäße Verwandtschaft.

Nach einer Kunstpause fuhr er fort, nun mit Überschwang und entlarvendem Versprecher: Aber, liebe Freunde, 1916 im wunderschönen Cöln, Verzeihung, im schönen Berlin, wird unser herrlicher Fußballsport die Krone, die Sonne der Olympiade sein, oh-ne jeden Zwei-fel!

Hofmann durfte sich im Applaus sonnen, und auch für Julle wurde es noch ein schöner Abend. Albert

Weber, Willy Worpitzky und die Kieler Sprotte Georg Krogmann mochten keinen Fisch, kein Gramm davon würden sie zu sich nehmen, bekannten sie unisono, nicht für Geld und gute Worte, ums Verrecken nicht. Julle widmete sich dem Lachs mit verdoppelter Hingabe.

Dagegen war Gren unzufrieden mit dem, wie er meinte, abgrundtief fantasielosen Essen. Köttbullar mit fader Soße und wässrigem Gurkensalat, staubtrockene Zimtschnecken wie bei seiner ungeliebten Tante Lillemor. Bei *abgrundtief* musste ich wieder an meinen Anfall auf dem Kieler Dach denken, aber nicht lange, denn momentan hatte ich ein anderes Problem: Lennart Gren.

Als ich das Zimmer aufschloss, hatte er weder überrascht getan, noch etwas gegen seine Blöße unternommen. Er hatte die rechte Seite des Doppelbetts zu seiner gemacht, lag, offenbar nach einem Vollbad in holzig harzigem Duftwasser, entspannt auf dem Rücken. Sein Penis, sah ich, bevor ich schnell wegsah, war zwar nicht in Feierlaune, aber auch nicht ganz unbekümmert. Ich wusste nicht, wohin mit mir und meinen Augen. Im Sommer schlafe er immer nackt, sagte Gren, ob mich das störe? Weiß nicht, antwortete ich, ging ins Bad, verschloss die Tür.

Wenn wir Spieler uns nach dem Wettkampf wuschen, sofern es am Sportplatz überhaupt eine Waschgelegenheit gab, manche Vereine stellten nicht mal eine Regentonne hin, war noch niemand auf die Idee gekommen, sich splitternackt zu präsentieren.

Nach dem Zähneputzen, beim Anziehen des Winterschlafanzugs, beschloss ich, mein Bettzeug zu holen und mich in der Badewanne einzuquartieren.

Wenn das der Kaiser wüsste! An einem der beiden hohen Fahnenmasten im Råsunda-Stadion, auf Höhe der Mittellinie, war links die schwarz-gelbe Fahne Österreichs gehisst und in Windstille erschlafft, rechts war gar nichts, das Schwarz-Weiß-Rot des Deutschen Reiches fehlte. Meinen Puls brachte das nicht in Rage, die Kameraden nahmen es als böses Omen und Affront. Außer sich, zeigte Dr. Hofmann mit seiner Gehhilfe auf den fahnenlosen Pfahl: Eine klaffende Wunde! Er winkte, rief und pfiff Lennart Gren herbei. Gemeinsam machten sie sich im Eilschritt auf die Suche nach dem Verantwortlichen und schneller Abhilfe.

Auch auf den Stehplätzen saß man. Ich hielt eine Hand schützend gegen die Sonne, die mir selbst bei fest geschlossenen Augen zu hell war. Die Zuschauer, höchstens tausend, Holstein hätte gegen Comet Neumühlen-Dietrichsdorf mehr auf die Beine gebracht, waren, betäubt von Hitze ohne Schatten, still wie bei

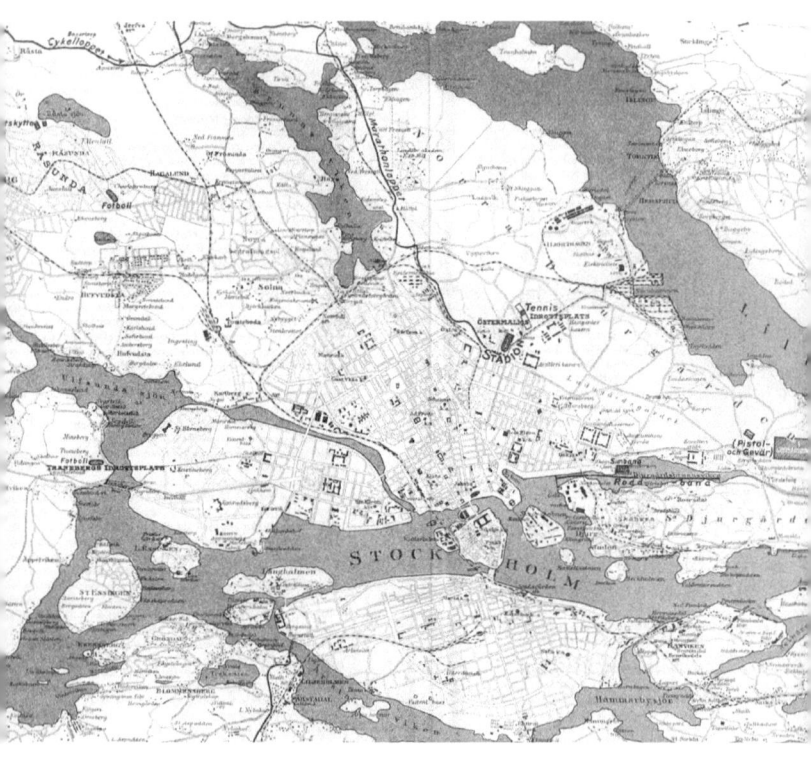

Karte der Spielstätten,
Stockholm 1912
Links oben: Råsunda Stadion

einem Klavierkonzert oder Vortragsabend, der kein Deutschland vor, noch ein Tor! oder Vivat Austria! zuließ.

Die deutsche Elf, einsatzbereit, die Stiefel geschnürt und in Schwarz-Weiß mit unübersehbar großem, rotgerahmten Adler, und alle Ersatzspieler, darunter ich, saßen nebeneinander am Spielfeldrand auf Holzbänken, weil sich die Umkleideräume in den Händen von Fliesenlegern und Klempnern befanden. Gren hatte Råsunda eine olle Kiste genannt, eine Schießbude, kein Renommee für Schweden; ganz anders das nagelneue Olympiastadion, alles vom Feinsten, für die Heimmannschaft und den britischen Fußball-Hochadel reserviert.

Wir schützten den Kopf mit Zeitungspapier, von Helfern in blau-gelben Kostümen gereicht, und glühten vor uns hin. Aufwärmtraining erübrigte sich. Das Nachsehen hatte, wer dennoch vor Anpfiff gegen einen Ball treten wollte: Beim Olympischen Fußballturnier war nirgendwo einer aufzutreiben.

Ich war müde, übernächtigt. Die Wanne hatte sich als viel zu klein für mich erwiesen, ein Folterinstrument. Lange nach Mitternacht hatte ich mich aus dem Bad geschlichen und an den äußersten Rand meiner Betthälfte gelegt, hellhörig auf Annäherungsversuche achtend. Gren atmete lautlos, ich musste lange horchen, bevor ich sicher war, dass er tatsächlich schlief und sich nicht schlafend stellte. Dennoch war ich nicht eingeschlafen. Der penetrante Geruch von Grens Duftwasser raubte mir den Atem und hielt mich wach.

Hofmann kehrte zurück, er schwang, wieder bei Laune, seinen silbernen ständigen Begleiter wie einen Taktstock. Das Malheur werde augenblicklich aus der Welt geschafft, die Schweden seien untröstlich, er habe sie aber wieder aufgerichtet und die Angelegenheit für erledigt erklärt.

Gren hatte mir ein weißes, kurzärmliges Hemd geliehen, das spannte, dafür aber in die Jahreszeit passte. Die Stadionuhr zeigte Viertel vor drei, fünfzehn Minuten bis zum Spielbeginn, die Österreicher ließen sich noch nicht blicken. Freudig begrüßt, schleppten Helfer nun Kästen mit Selterswasser herbei. Halt!, rief Dr. Hofmann und warnte: Trinken erst nach dem Wettkampf, vor und während der sportlichen Betätigung führt es zu Seitenstichen, Magenkrämpfen und Nierenkoliken. Das ist wissenschaftlich erwiesen!

Was fürn Dokter sindse denn, Herr Dokter?, fragte Willy Worpitzky. Facharzt für Ochs und Esel?

Hofmann bat sich entschieden mehr Respekt aus, musste jedoch zugeben, Jurist zu sein, Gerichtsassessor in Cöln am Rhein. Unbeeindruckt von seiner Amateurbildung auf dem Gebiet der Inneren Medizin, tranken wir gierig, wässerten auch unsere erhitzten Köpfe.

Hofmanns Ärger über die Uneinsichtigkeit wurde rasch zur Lappalie im Vergleich zu dem Verdruss, der ihn keine Minute später ereilte.

Am rechten Fahnenmast begannen zwei junge Männer in Matrosenanzügen zu hantieren, zügige Bewegungen verrieten Routine, ein eingespieltes Team, jeder Handgriff saß, und doch machten sie alles falsch, was man nur falsch machen kann.

Referee Willing betrat den Rasen, den Spielball unter dem Arm, eskortiert von den Linienrichtern, dahinter im Gänsemarsch die Österreicher. Da befanden sich Gerichtsassessor Hofmann und Dolmetscher Lennart Gren schon wieder auf Beschwerdegang, denn am deutschen Fahnenmast hing, von keinem Lüftchen bewegt, die Flagge Italiens.

Nach dem Halbzeitpfiff lag auf deutscher Seite niemand mit Magenkrämpfen am Boden, kein Fall von Nierenkolik wurde bekannt, einziges Ärgernis: die vielen ungenutzten Chancen, deshalb nur 1 : 0.

Die Zuschauer erwachten aus ihrer bisherigen Starre, sie erhoben sich von ihren Plätzen, Beifall und Jubel, Fähnchen flatterten, manche fassten sich ergriffen ans Herz. Ein vierfaches Hurra erscholl. Alle von uns, alle zweiundzwanzig, ob auf oder neben dem Platz, gaben nachher zu, geglaubt zu haben, die Huldigungen hätten uns Deutschen gegolten, unseren Doppelpässen, Flankenbällen und dem Tor von Adolf Jäger nach einem Kunstschuss aus spitzem Winkel.

Der Kronprinz und seine Gemahlin waren erschienen, verfolgt von mächtigen Herren der olympischen Bewegung, beschattet von Dienern mit Sonnenschirmen. Die Mannschaften mussten in gerader Reihe antreten, auch die Reservisten, also auch ich, um die Begrüßung durch die Majestäten entgegenzunehmen. Das Publikum schmetterte aus voller Kehle ein Lied, das sich wie eine Mischung aus Kirchengesang und Schlachtenhymne anhörte.

Der Prinz hatte seine Uniform im Schrank gelassen, statt dessen einen weißen Anzug mit nicht unkeckem Hut gewählt, seine Frau dagegen trug sichtlich schwer an ihrer Eleganz, war aber im Gegensatz zu ihren Schwiegereltern zu einem Lächeln imstande. Es folgte ein kräftiges Händeschütteln mit Lederhandschuhen seitens des Prinzen, die Prinzessin hatte Seidenhandschuhe angezogen, die ihre erschreckend kalten Finger nicht wärmten, wie ich feststellen musste, und dann war es überstanden. Nur einem stand das Schlimmste noch bevor.

Die Österreicher hatten zunächst versucht, uns mit Ängstlichkeit zu beeindrucken. Sie mieden Zweikämpfe, hielten den Ball, versteckten sich. Der Favorit spielte wie ein Außenseiter auf Zeit und 0 : 0.

Albert Weber patrouillierte die Linie seines Strafraums entlang und fächelte sich mit der Kappe Luft zu, während unser Sturm gegen eine Mauer anlief. Gelang einmal ein Durchbruch, hatte der gegnerische Tormann einen guten Tag. War er dann doch beim Rauslaufen überrannt und machte sich vergeblich lang, stellten sich Latte und Pfosten quer.

Was war raffiniert an dieser Spielweise, was steckte dahinter? Dem englischen Trainer der Österreicher sei taktisch alles zuzutrauen, hieß es. Selbst der *Vorwärts*, nicht als Sportfachblatt bekannt, hatte über Jimmy Hogan geschrieben, er trage in seiner Heimat die Beinamen *Fuchs* und *der Zauberer*. Auf mich wirkte er wie ein Schmetterlingssammler, dem gerade ein Exot aus dem Netz geflattert war. Missmutig, verschlossen, niemand neben sich duldend, hockte er auf einem Stühlchen, das er eigenhändig mitgebracht hatte. Brille mit Drahtgestell, verschnupfte Nase, und viel zu warm angezogen war er auch. Er gestikulierte nicht, um das Spiel seines Teams anzukurbeln, eine Wende des lahmen Gekickes herbeizuführen, er rief auch keine Anweisungen, die seine Spieler wegen der ihnen fremden Sprache wahrscheinlich eh nicht verstanden hätten.

Mit dem Anstoß zur zweiten Halbzeit änderte sich schlagartig alles. Die Österreicher waren wieder sie selbst, gewitzt und giftig in den Zweikämpfen, Dampflok statt Schlafwagen.

Nach einem Eckball kam es zum Luftkampf, bei dem Albert Weber mit dem Kopf gegen den linken Torpfosten stürzte. Unserer Verteidigung gelang es gerade noch, den Ball von der Linie zu stochern und ins Aus zu schlagen.

Albert stand mühsam auf, er torkelte, taumelte, fasste sich an den Kopf. Er irrte ein paar Schritte ziellos umher, fiel dann hin, ohne jeden Versuch, sich abzustützen.

Ich zog Grens Hemd aus, streifte mir den Torwartpullover über, prüfte den festen Sitz der Schuhriemen. Nach dem Reglement war das Auswechseln verletzter Feldspieler nicht erlaubt. Ein angeschlagener Torwart konnte jedoch durch einen Reservetorwart

Österreich (weiße Trikots) – Deutschland, 5 : 1,
29. Juni 1912,
Råsunda-Sportplatz

ersetzt werden, wenn die gegnerische Mannschaft zustimmte.

Zwei unserer Spieler schleppten Albert, ohnmächtig und voller Blut, vom Platz. Pressefotografen waren mit ihren Gerätschaften zur Stelle. Ich lief Richtung Unglückstor, zupfte meine knielange Torwarthose zurecht. Schiedsrichter Willing eilte auf mich zu, schüttelte den Kopf und scheuchte mich vom Rasen. Die Österreicher hatten nach kurzer Beratung entschieden, dass ich nicht für Albert einspringen durfte. Mittelstürmer Willi Worpitzky bat mich um meinen Pullover und ein Gebet, bevor er sich in den Kasten stellte. Es ging weiter mit zehn Deutschen gegen elf Österreicher.

Dr. Hofmann und Lennart Gren bekamen von all dem nichts mit. Sie waren wieder auf den Beinen, um zu intervenieren. Die deutsche Fahne hing zwar inzwischen am Mast, war aber nur halb so groß wie die österreichische.

Eine Stunde vor dem Abendessen kaufte ich an der Hotelrezeption zwei Ansichtskarten und Briefmarken, lieh mir Tinte und Feder aus. Im Lesesaal versteckten sich Herren hinter Zeitungen oder hüllten sich in Zigarrenrauch und Schweigen. Die Bücher an den Wänden hatten dekorative Rücken, sie waren vielleicht nur deshalb angeschafft worden. Ich setzte mich an einen Tisch und schrieb Frau Petzoldt, im hohen Norden sei das Wetter wie im tiefen Süden und Stockholm eine Reise wert. Auf der Anzeigetafel im Råsunda-Stadion hatte ich den schwedischen Namen für Deutschland gesehen, Tyskland, und den benutzte ich nun unterstrichen für die Postanschrift, was der Karte etwas Flair, wenn nicht eine Prise Niveau verlieh.

Weil mir der Satz mit dem Wetter und den beiden Himmelsrichtungen gefiel, ließ ich ihn auch Leonie zugute kommen. Ich dachte an ihr schönes Gesicht, ihre Klugheit und ihre Stimme, an die Art, wie sie beim Lächeln die Nasenflügel kräuselte, und überlegte mit aufsteigendem Glücksgefühl, ob auf dem Rest der Karte Raum für Worte war wie *mögen*, *gern* oder *lieb haben*, gegebenenfalls ergänzt durch ein heikles *sehr*.

Da lenkte mich der Gedanke an Hinrich Carstensen ab, mein Kopf füllte sich mit bösen Vermutungen. Nicht auszuschließen, dass er in meine Rolle geschlüpft war, nachdem ich reisebedingt nicht einziger Gast auf Leonies Geburtstagsfeier sein konnte.

Obwohl Carstensen zum rechten Parteiflügel gehörte, Kolonien nicht ablehnte, sofern die Eingeborenen anständig behandelt wurden, und gegen eine Republik predigte, auf ein besser gelauntes, möglicherweise freundliches Kaiserreich setzte, hatte Leonie das nicht abgehalten, vor und nach Versammlungen bei ihm zu stehen, zu scherzen und zu lachen. War sie nicht manchmal in seiner Gegenwart errötet, was sonst nie geschah? Warum bloß hatte sich der Kerl, ein studierter Kopf und leider charmanter Plauderer, den Sozialisten angeschlossen und nicht dem Freisinn oder den Nationalliberalen, wo er mit seinen Ansichten besser aufgehoben und mir so erspart geblieben wäre! Darauf konnte es nur eine Antwort geben:

Leonie.

Jemand musste mir die Hand geführt haben. Ich hatte keine Erinnerung daran, die Worte *sehr lieb* und *Sehnsucht* geschrieben zu haben, auf die kolorierte Ansichtskarte mit einer Straßenszene aus der Altstadt Gamla Stan.

Die Pakete waren rechtzeitig vor dem Empfang bei Hofe am nächsten Tag eingetroffen. Sie stapelten sich im Foyer. Das Kronprinzenpaar schien sich zu langweilen und einsam zu fühlen; neben uns hatte es auch die ungarische und britische Mannschaft eingeladen.

Damit wir das Fürstenhaus nicht wie bunte Hunde betraten, hatte der Deutsche Fußballbund einheitliche Ausgehkleidung in Auftrag gegeben. In der Kürze der Zeit ohne Möglichkeit, Maß zu nehmen, war in der Schneiderei nach Mannschaftsfotos und auf gut Glück gearbeitet worden.

Alle rannten auf ihr Zimmer. Nachdem ich in Abwesenheit Grens das braune Packpapier entfernt, die Sachen angezogen und mich gespannt vor dem Badezimmerspiegel gedreht hatte, war ich zufrieden. Der Anzug, dezent dunkelblau, passte, die Länge stimmte, und gegen das weiße Hemd mit steifem Kragen und die Krawatte war auch nichts zu sagen. Ich war gerettet vor meiner Herbst-Winter-Kollektion.

Leichten Fußes, gekleidet wie ein gemachter Mann, begab ich mich in den Speisesaal.

Nach dem desaströsen Spielverlauf war dort kein Raum für Übermut. Hängende Schultern und Augen ohne Glanz sprachen für sich. Vereinzelt waren gebrummte Klagen über die spendierte Ausstattung zu hören. Enge im Schritt, Hochwasser bis weit über dem Knöchel oder Sorge vor platzenden Nähten. Lebhaft ging es nur in der nahen Küche und beim einsatzbereiten Bedienungspersonal zu.

Die Auswahl an freien Plätzen war groß. Die gedeckte Tafel am Kopfende des Saals, reserviert für die Delegierten, war unbesetzt, ebenfalls abwesend

Dr. Hofmann und Lennart Gren. Der leere Stuhl, auf dem Albert Weber am Abend vorher gesessen hatte, löste einen Schauer aus. Niemand wusste etwas über das Befinden des Verletzten.

Ohne Tischrede wurde die Vorspeise serviert, Kartoffelpfannkuchen belegt mit gebratenem Speck. Manche stocherten, einige rührten gar nichts an und reichten ihren Teller an jemanden weiter, der über einen robusteren Appetit verfügte.

Zwei Männer, Äußerem und Aura nach Bestatter, anscheinend betraut mit einem besonders tragischen Fall, traten ein, dabei folgte der Jüngere dem Älteren in gemessenem Abstand. Nach kurzem Orientieren bauten sie sich vor dem leeren Delegiertentisch auf. Sie zogen nicht den Hut, kein Gruß, nicht einmal ein angedeuteter. Der Jüngere klopfte lauter als nötig auf den Tisch, schob das Kinn vor und befahl, sich zu erheben für Graf Julius Caesar Erdmann von Wartensleben, deutsches Mitglied des Internationalen Olympischen Komitees.

Der Graf, geschmückt mit einem großen Orden, auffallend blass und ohne Vollbart, weil der den Schmiss in seiner linken Gesichtshälfte verdeckt hätte, zwang uns mit seiner leisen Stimme zu angestrengtem Zuhören. Wie beiläufig fragte er, ob wir uns der Tragweite unseres Verhaltens nach Abpfiff des heutigen Länderkampfs bewusst seien.

Ich höre.

Seine Augen, in dünnes Gold gefasst, beobachteten uns scharf. Er verschränkte die Hände auf dem Rücken, sein Begleiter faltete sie vor dem Gemächt. Die Überreste der Kartoffelpfannkuchen wurden kalt, eine beklemmende Stille, wie ich sie aus meiner Schulzeit kannte, füllte den Saal bis zur Decke.

Hat es Ihnen die Sprache verschlagen?

Gottfried Fuchs sagte heiser: Wir wollten ihnen zeigen, was wir von ihrer Unfairness halten.

Das ist keine Antwort auf meine Frage, antwortete der Graf. Und bequemen Sie sich gefälligst, mich nicht mit englischem Wortschmutz zu belästigen, Sie.

Obwohl ich nicht zum Einsatz gekommen, nicht abgekämpft war, hatte ich genug vom Herumstehen und setzte mich. Gottfried Jäger und Sepp Glaser waren sofort mit von der Partie, es folgten die sieben Karlsruher, und bald stand keiner mehr.

Mit einem dünnen Lächeln, die Arme unverändert auf dem Rücken, demonstrierte der Graf, dass er sich gut in der Gewalt hatte, über jede Provokation erhaben.

In puncto Impertinenz ist Ihnen Gold sicher, meine Gratulation, sagte er.

Bratengeruch bahnte sich den Weg, vor dem Saal standen Servierwagen im Stau, Kellnerinnen und Kellner wollten ihre Arbeit tun. Auf einen Fingerzeig des Grafen schloss der Gehilfe die Doppeltür, sperrte das Personal aus.

Das Schicksal unserer Nation steht in Zeiten der feindlichen Einkreisung auf dem Spiel, sagte der Graf, nun mit mehr Farbe und Lautstärke. Indem Sie am heutigen Tage den sportlichen Vertretern unseres engsten Bundesgenossen den Handschlag verweigerten, vor den Augen der Weltpresse, haben Sie in verabscheuungswürdiger Weise dem Ansehen und den Interessen des Deutschen Reiches schwersten Schaden zugefügt. Unsere Feinde werden feixen vor Vergnügen!

Er legte eine Atempause ein, die der Professor nutzte. Er fragte, warum der Graf den Namen Julius Caesars trage, des Mannes, der deutschen Interessen schwersten Schaden zugefügt habe, indem er unsere Vorfahren in verabscheuungswürdiger Weise unterjochte und versklavte, sie erschlagen ließ, bestimmt zum feixenden Vergnügen der Gallier und britannischen Stämme.

Ich höre.

Lachen, Bravorufe, rhythmisches Klatschen und Stampfen mit den Füßen wie nach Sepps Rede auf der *Vineta* blieben aus, keine Hand rührte sich; der Speisesaal verwandelte sich diesmal nicht in ein Kabarett, wo man einem Unterhaltungskünstler ersten Ranges huldigte. Um mich nicht bis ans Lebensende zu ärgern, applaudierte ich dann doch. Mein verspätetes Klatschen hörte sich gleichzeitig verhalten und zu laut an, irgendwie falsch, fast höhnisch. Eine Ovation wie ein Eigentor.

Sie war dem Grafen nur ein kurzes, verächtliches Schnauben wert, bevor er sich Glaser zuwandte. Er nannte den Professor mehrmals *Mensch*, für ihn wohl das schlimmste aller Schimpfwörter, und dass er, Wartensleben, wäre *dieser Mensch* satisfaktionsfähig, diesem noch vor Mitternacht eine Kugel durch den nichtsnutzigen Schädel jagen würde.

Der Oberkellner verschaffte sich Zutritt und fragte, ob noch Bedarf an Hauptgang und Dessert bestehe, andernfalls werde er das Personal in den vorzeitigen Feierabend entlassen.

Der Gehilfe betätigte sich auf einen Wink hin als Wegbereiter, im Davonrauschen betonte der Graf: Ihr schändliches Gebaren wird Sie alle zusammen noch sehr reuen, glauben Sie mir!

Karle Burger aus Fürth, sonst ein Kraftpaket, äußerte sich ganz schwach. Der Professor sei zu weit gegangen, so dürfe man mit einem Adligen nicht umspringen, das gehöre sich einfach nicht.

Ich widersprach, Burger unterbrach mich, wünschte guten Appetit und griff zum Besteck. Elchbraten, Kartoffelpüree, grüne und weiße Bohnen hatten an Dampf verloren, was für Hastigesser von Vorteil war. Das Dessert: Preiselbeerkompott mit Sahne.

Es war viel zu hell für die Uhrzeit. Ob das mit den Polarlichtern zusammenhing? Ich trat auf die wenig belebte Straße vor dem Hotel, auf der Suche nach einem Briefkasten für die Ansichtskarten, und wusste nicht, ob ich mich nach rechts oder links wenden sollte. Da kam Adolf Jäger auf mich zu, er rauchte eine kleine krumme Zigarre. Mit dreiundzwanzig gingen ihm schon in Scharen die Haare aus, auf dem Spielfeld aber selten die Ideen. Sein Zimmergenosse Willi schnarche wie drei ausgewachsene russische Bären, sagte er, an Einschlafen sei nicht zu denken. Ein Bier, um diesem verfluchten Tag wenigstens ein angenehmes Ende zu bereiten?

Auf unserem Weg begegneten wir dem Professor. Er saß auf einer Bank neben der Statue eines mir unbekannten Helden und starrte in den Nachthimmel. Ich lud ihn fröhlich ein, sich unserer Sause anzuschließen. Glaser schaute uns an, als kenne er uns zwar, könne sich aber nicht erinnern, woher, bevor er sagte, er wolle einfach nur seine Ruhe haben, ob das zu viel verlangt sei. Abrupt erhob er sich und ging uns mit schnellen Schritten aus den Augen.

Wir fanden das von Gren empfohlene Bierlokal *Zum Heidelberg* ohne Mühe, doch es war geschlossen. Heute geht aber auch alles schief, sagte Adolf, und dann verliefen wir uns auch noch und kamen trotzdem ans Ziel. Die Kneipe hieß *Zum Franziskaner*, die Tür stand offen, allerdings packten die Musikanten, ein Akkordeonspieler und ein Klarinettist, schon ihre Instrumente ein, Aschenbecher wurden geleert, Stühle hochgestellt, die letzten Gäste feilschten mit einem ungehaltenen Kellner um ein letztes Glas, die Beleuchtung ließ auch schon nach.

    Scheiß drauf, sagte Adolf und wandte sich dem Ausgang zu. Wir wurden das Taschengeld, mit dem uns der Deutsche Fußballbund verwöhnte, ein paar Kronen und Öre, einfach nicht los.

    Da geschah das Wunder von Stockholm. Eine Dunkelhaarige, Seltenheit in diesem blonden Land und auch sonst hübsch, stellte zwei prächtig gezapfte Halbliterkrüge auf einen Stehtisch. Damit nicht genug, zu unserer Unterhaltung spielte ein Grammophon einen zackigen Tango. Wir legten zwar kein Tänzchen hin, trödelten dafür nicht beim Trinken.

    Will nicht rumreden, Adsch, sagte Adolf. Er wischte feierlich über seinen dünnen Schnäuzer, bevor er leise, als seien wir von Spionen umzingelt, zur Sache kam.

    Wir von Altona 93 wollen auch mal deutscher Meister werden, verstehst du? Dazu brauchen wir einen wie dich. Unser Mann ist zu flatterhaft, auch ne Schuhnummer zu klein. Ob du dir vorstellen könntest, für ne Umzugspauschale von tausend Mark, bar auf die Hand, nach Altona zu wechseln, soll ich dich von unserem Präsidenten fragen.

Tausend?, fragte ich ungläubig. Ich verdiente vierundneunzig Mark brutto im Monat und turnte dafür sechzig Stunden in der Woche auf dem Dach herum. Adolf wurde noch konspirativer, man musste schon fast Lippenleser sein: Zusätzlich natürlich Auflauf- und Siegprämie, wie in England, ganz normal.

Was ich da hörte, waren Wörter wie Brandsätze.

Mensch, ist doch total verboten, sagte ich. Lebenslange Sperre!

Adolf legte den Zeigefinger an die Lippen und sang, gar nicht mal schlecht: Ach, wie gut, dass niemand weiß, dass ich Rumpelstilzchen heiß!

Ich sah mich nach einem guten Rat um, entdeckte aber nur Reklame aus Blech für eine Reise nach Värmland, wo auch immer das war, und gegen Hühneraugen. Ein gelockter Engel verarztete eine Elfe, weißes Kleid, wallendes Haar, mit einem Spezialpflaster. Die Herstellerfirma hatte den Namen *Lebewohl*. Ob das ein Zeichen war?

Hab dir noch gar nicht zu deinem Treffer gratuliert, sagte ich. Toller Schuss!

Bei fünf Gegentoren gibt's nix zu gratulieren, antwortete Adolf und ließ nicht locker. Überleg dir die Sache, Adsch. Würde mich wirklich freuen. Und denk dran, Altona ist bezaubernd hübsch. Die Perle, der Diamant des Nordens, sagen die Dichter. Und direkt um die Ecke Hamburg. Nicht ganz so schön, aber Weltstadt! Was anderes als dein kleines Kiel!

Auf den Tango folgte kein zweiter, und unsere Krüge waren leer.

Madame hat übrigens ein Auge auf dich geworfen, sagte Adolf und zwinkerte mir zu. Ich korrigiere: zwei.

Die dunkelhaarige Kellnerin, leicht verlebt, was ihren Reiz nicht minderte, stand vor der Registrierkasse und lächelte mich mit einer Unbefangenheit an, von der man sonst nur träumen konnte.

Wenn auch spärlich, so doch immerhin bekleidet hatte Gren weit entfernt neben mir im Bett gelegen, wie sich beim Aufstehen zeigte. Zur Belohnung ließ ich ihm den Vortritt ins Bad. Ein verdammter Fehler, denn die Tür blieb weit offen, während sich der Betreuer hier, da und überall wusch und dabei von Hofmanns gesundheitlicher Krise berichtete. Dem Doktor war nach dem Flaggenskandal alles zu viel geworden, er hatte einen Schwächeanfall erlitten. In der Notaufnahme des Krankenhauses waren sie gleichzeitig mit dem nicht ansprechbaren Albert Weber eingetroffen.

Unruhig und mit wechselnden Gefühlen saß ich in der Tram. In manchen Augenblicken war ich froh, mich dem Empfang beim Kronprinzen entzogen zu haben, dann wieder fürchtete ich mich vor dem, was mich am Ende meiner kleinen Reise möglicherweise erwartete.

    Die Straßen waren nicht nur mit schwedischen Flaggen geschmückt. Gren, der mich bis zur Haltestelle begleitet hatte, war nicht gut auf die Finnen zu sprechen. Dass die überhaupt mitmachen dürfen bei unseren Spielen, die gehören doch zu Russland! Dumme Bauern, ihre Sprache hört sich an wie Dauerkotzen!

Die Internationale würde er wohl nie singen, aber er hatte mir erklärt, wieviel Öre ich dem Schaffner geben, an welcher Station ich aussteigen musste, wie es von dort weiter zu Fuß ging. Dass das Krankenhaus Serafimlasarettet hieß, unter Stockholmern kurz Serafen, das Hauptgebäude ein roter Backsteinbau. Dort war keine Besuchszeit, als ich ankam, doch Lennart, der Teufelskerl, hatte in seiner Vatersprache eine Art Empfehlungsschreiben für mich verfasst, das mir die Türen öffnete.

Die Gerüche, das Stöhnen. Ich irrte in einem Saal mit ungefähr zwanzig belegten Betten herum, suchte eingeschüchtert, entsetzt und ohne Erfolg nach Albert, bis einer mit Kopfverband und entstelltem Gesicht undeutlich sagte: Scheiße im Kanonenrohr, haben wir wenigstens gewonnen?

Ohne dich ein Ding der Unmöglichkeit, antwortete ich erleichtert und fragte dann: Wie geht es dir? Jedem Regenwurm wäre etwas Intelligenteres eingefallen, jede Stechmücke hätte sich vor diesem Satz gehütet.

Verdacht auf Gehirnerschütterung. Als ob's da was zu erschüttern gäb.

Eine Schwester in einer Tracht zwischen Schlossgespenst und Burgfräulein brachte mir einen Stuhl.

Alberts Unterlippe war genäht und stark geschwollen, das linke Auge blau.

Wenigstens hast du es überlebt, sagte ich und begab mich damit auf ein noch flacheres Niveau. Die unterdrückten Schreie eines Kranken, der auf ein Stück Leder biss, während ein Arzt Schnitte ausführte.

Meine Dorothea, sagte Albert plötzlich. Seit einem halben Jahr sind wir verheiratet, aber immer, wenn ich bei ihr sein will, läuft sie weg, versteckt sich, schließt sich ein. Nicht mal an die Brust lässt sie mich. Was soll ich bloß machen, Adsch?

Das Röcheln, die Fliegenfänger, die von der Decke baumelten, schwarz vor Fliegenleichen. Müde und tote Blumen in potthässlichen Gefäßen. Die freundliche Krankenschwester nickte uns zu, sagte einen kleinen Satz.

Wenn ich sie richtig verstanden habe, ist meine Besuchszeit leider zu Ende, sagte ich und reichte Albert die Hand.

Über Nacht hatte auch der *Franziskaner* olympisches Feuer gefangen. In Blumenvasen steckten Länderfähnchen, ein früher Weihnachtsbaum war mit Kugeln in den schwedischen Nationalfarben geschmückt. Ich stellte mich wieder an den Stehtisch. Die Hühneraugen der wallenden Elfe waren noch nicht abgeheilt, und ich tappte weiter im Dunkeln, was die geografische Lage von Värmland betraf. Alles war wie in der vergangenen Nacht an seinem Platz, nur die dunkelhaarige Frau fehlte.

Das Lokal kam mir bei Tageslicht viel größer vor. Im Unterschied zu den bräunlichen Kneipen in Kiel waren im *Franziskaner* Tresen und Mobiliar aus hellem Holz und nicht so wuchtig, keine Schnapsflaschen im Regal hinter dem Tresen, es roch auch nicht nach Bohnerwachs, der Fußboden war mit Sägemehl bestreut. Nachmittagsflaute, Akkordeon und Klarinette pausierten, der Zapfhahn hatte wenig Grund zu zischen. Ich bestellte bei einer Walküre mit blonden, um den Kopf geschlungenen Haaren Kartoffelsuppe und ein Bier. An einem Tisch vor der kleinen Bühne für die Musiker unterhielten sich zwei Süddeutsche mittleren Alters, laut, als wähnten sie sich im Ausland sicher vor ihresgleichen. Es ging um die Spannungen auf dem Balkan. Serben, Montenegriner, Bulgaren und so weiter würden am Ende auch uns in einen Krieg reißen, befürchtete der eine, hoffte inständig der andere.

Meine häufigen Blicke auf die Uhr schienen die Zeiger einzuschläfern statt zu beschleunigen. Ein neuer Gast kehrte ein mit einem Gesicht, als ginge es ihm gleich an den Kragen. Die Suppe war nicht nach meinem Geschmack; zwischen Sellerie, Zwiebelringen und Kartoffelscheiben schwamm ein saurer Hering. Ich aß aber alles auf, weil ich aus einer Familie stammte, in der aufgegessen wurde, nichts durfte verkommen. Ohne erkennbaren Grund krümmten sich die Süddeutschen jetzt vor Lachen. Ich zog aus einer olympischen Vase das schwarz-gelbe Fähnchen Österreichs, zerriss es und steckte die Fetzen in eine Tasche meines DFB-Jacketts. Infantiler Anarchismus, hätte Leonie dazu gesagt.

Die dunkelhaarige Frau erschien gegen vier. Sie trug noch nicht ihr Servierkleid, sondern Sommerstoff mit Blumen. Sie lächelte entschuldigend, als käme sie mit Verspätung zu unserer Verabredung. Nicht nur das verwirrte mich. Sie nahm meine Hand, zog mich weg von Bier- und Tabakdunst und führte mich zwei Treppen tiefer. Wir betraten einen halbdunklen Vorratsraum, Fässer, Säcke mit Kartoffeln, Weinsteigen, es roch nach Zimt. Die Frau zeigte auf sich und sagte: Gunilla.

Angenehm, Adsch, antwortete ich, blöde vor Nervosität.

Angenehmmadsch?, fragte sie und lachte. Bevor ich das Missverständnis aus der Welt schaffen konnte, küsste Gunilla mich, auch mit ihrer Zunge, was mich überhaupt nicht aus der Fassung brachte. Dann stieß sie mich sanft von sich weg und rieb Daumen und Zeigefinger ihrer rechten Hand aneinander. Ich war zwar nur Kieler, kam aus keiner Weltstadt, verstand aber, was sie meinte. Ich holte mein Portemonnaie heraus, Gunilla kam mir zuvor und griff hinein. Nicht nur Kronen nahm sie, auch Reichsmark waren ihr recht. Ich ließ ihr freie Hand und alles geschehen.

Sie öffnete ihre Bluse, nahm ihre Brüste heraus und hielt sie mir hin.

Schöneres und Aufregenderes hatte ich noch nie gesehen. Hätte Gunilla es verlangt, ich hätte für die folgenden zehn Minuten auch mit meinem Leben bezahlt.

Soerensen war letzte Nacht wieder aufgetaucht und hatte mich wachgehalten. Gemessen an dem, was bald vor dem Match gegen die Russen passieren würde, war sein Besuch jedoch weniger bedrückend.

Ich musste nach Unterrichtsschluss neben dem Lehrerpult auf ihn warten, während er die anderen Schüler beim Verlassen des Klassenraums und des Schulhofs beaufsichtigte. Das Verflixte, immer Bedrohliche am Nachsitzen war, dass man ihm selbst dann nicht entgehen konnte, wenn nichts gegen einen vorlag, man keine Dummheit angestellt hatte, im Gegenteil: tadellos geklappt das Aufsagen eines Gedichts, das Diktat fehlerfrei.

Was gleich passieren würde, kannte ich nicht nur aus den Berichten anderer, ich hatte es selbst schon erlebt. Soerensen zwang einen mit seinen Kreide- und Nikotinfingern auf die Knie, verband, nachdem er den Prügelstock gezeigt hatte, die Augen mit einem schwarzen Tuch.

Die Stille, die er lange walten ließ, wurde nur gestört durch meine Atemgeräusche, meinen Herzschlag. Irgendwann fing das Trommeln an, der Stock traf im immergleichen Rhythmus auf die Platte des Lehrertischs. Schlag-Pause-Schlag-Pause. Soerensen, sonst ungeduldig, nahm sich Zeit für seine Art von Musik. Früher oder viel später würde er den Stock anders einsetzen, nur einmal, dafür unvergesslich.

Doch diesmal, nach einer Ewigkeit und noch einer, hatte der Stock nur zum Musizieren gedient. Der Lehrer nahm mir die Augenbinde ab, half mir auf die Beine, strich mir übers Haar. Bist ein guter Junge, sagte er, und einen schönen Gruß an deinen Vater. Es war vorbei.

In Stockholm war das Ende noch nicht gekommen. Die Koffer blieben vorerst ungepackt. Wir hatten noch eine Chance, im Rennen um die Medaillen zu bleiben, und zwar in der Trostrunde, das Mitgefühl und neuen Mut versprechende Wort für: Verlierer gegen Verlierer. Unser Gegner Russland war, kein Experte hatte damit gerechnet, im ersten Spiel an seiner Kolonie Finnland gescheitert, wir mussten uns bekanntlich mit zehn Mann den Unaussprechlichen beugen. Wer an diesem Dienstag erneut patzte, konnte Trost allenfalls noch im Alkohol finden.

Weil der Deutsche Fußballbund großzügig zweiundzwanzig Spieler auf die Reise geschickt hatte, durften nun die antreten, die gegen Österreich auf der Bank gesessen hatten. Die Bedingungen waren besser als drei Tage zuvor. Diesmal würde es keinen Sonnenbrand geben, ein kühler, stark bewölkter Tag, der Schiedsrichter zwar wieder ein Holländer, er hieß aber nicht Willing, und das dritte und größte Geschenk kam von den Handwerkern: Die Wasch- und Umkleideräume des Råsunda-Stadions waren fertig renoviert.

DFB-Präsident Gottfried Hinze, der nun auch den Weg nach Stockholm gefunden hatte, weihte sie mit Zigarrenrauch ein. Gegen Tradition und Mode mutete er seinem Gesicht weder Bart noch Schmiss zu. In kleinem Kreis hatte Dr. Hofmann vor seinem Zusammenbruch durchblicken lassen, Hinze, mit fast vierzig Jahren immer noch Torwart des Duisburger Spielervereins, habe unter Umständen etwas zu ausufernd den Abschied von der Heimat gefeiert und so die Überfahrt mit der *Vineta* verpasst.

Spekulation oder Funken Wahrheit – jedenfalls schwebte dem Präsidenten in der nach frisch verarbeiteten Baustoffen riechenden Katakombe ein beeindruckendes Cognacfähnchen voran.

Das verleitete ihn nicht dazu, sich der Redseligkeit hinzugeben. Seine Ansprache strapazierte keinen Geduldsfaden: Diesmal, Jungens, benehmt ihr euch aber, versprochen? Nicht, dass heute noch beleidigte Kosakenhorden in Ostpreußen einfallen!

Bevor er sich Richtung Ehrentribüne verabschiedete, wünschte er jedem Spieler mit festem Blick und Händedruck Erfolg.

Ich hatte die üblichen Kopfschmerzen vom Flüssigkeitsmangel. Am Morgen eine Tasse Kaffee, und dann hieß es: austrocknen. Als Torwart konnte man nicht mal eben aufs Klo rennen oder vor Publikum an den Pfosten pinkeln.

Die Anspannung, gegen die ich kein Mittel fand, hatte mich wie immer schon am Vorabend erfasst. Gedanken ans Scheitern gaben keine Ruhe, zappelten im Kreis, Bauch und Beine fühlten sich an wie entzündet. Äußerlich aber ruhig Blut, erfreulicherweise.

Feldspieler durften danebenhauen, weit übers Ziel hinausschießen, sich abhängen lassen wie lahme Enten, und Augenblicke später war alles vergessen, weil eine neue Chance angeflogen kam. Torhüter konnten nichts rückgängig machen, ausbügeln, verbessern. Ein Fehler, und die Katastrophe war da.

Trotzdem wollte ich nie tauschen. Der große weiße Kasten war für mich gezimmert, erst an zweiter Stelle für die gegnerischen Stürmer. Ich trug meine eigene Mode, keine Uniform wie die zehn anderen, und ich entschied das Spiel, nicht ein Torjäger oder Verteidiger-Ass.

Denkbar, dass was mit meinen Augen nicht stimmte. Der preußische Adler auf dem Trikot der Feldspieler wurde von Match zu Match größer. Ich blieb von dem Geflügel verschont, mein altbewährter Pullover war für Reklame nicht geeignet.

Kurz vor fünf liefen wir die steilen Treppenstufen hoch auf den Sportplatz. Auf den ersten Blick hatte sich die Zahl der Zuschauer im Vergleich zum vergan-

Råsunda-Stadion, Stockholm

genen Samstag verdoppelt, die Trostrunde schien besser als ihr Ruf, wobei man sagen muss, selbst gegen Gegner wie Glücksburg, Süderbrarup, Eutin oder Bad Segeberg hätte Holstein mehr Volk aus dem Haus gelockt.

Und dann standen wir herum. Die Tornetze waren vorschriftsmäßig angebracht, die Spiellinien gezogen, auch die Elfmeterpunkte hatten genug Kreide abbekommen, aber der gepflegte Rasen war unbespielbar.
Der Lärm, der schon im Keller des Stadions zu hören gewesen war, klang nicht nach Vorfreude auf ein spannendes Ausscheidungsspiel. Huldigungen für Prinz und Prinzessin hörten sich auch anders an. Es war Radau. Pfiffe, gereiztes Geschrei, zentnerschwere Ablehnung. Zerknülltes Zeitungspapier und zwei Regenschirme waren auf den Platz geworfen worden. Sitzplätze wurden kaum eingenommen. Die blecherne, von Störgeräuschen begleitete Stimme des Stadionsprechers trug nicht zur Beruhigung bei. Es gab auch Beifall, dem es jedoch an Lautstärke mangelte. Berittene Polizisten sicherten mit gezogenem Säbel die Absperrung zwischen Rängen und Spielfeld. Die Fußtruppe, Pickelhaube, lange dunkelblaue Mäntel, hatte Aufstellung genommen. Sie führte Schlagstöcke bei sich und nervöse deutsche Schäferhunde ohne Maulkorb.
Ungefähr dreißig Demonstranten, Männer und Frauen jeden Alters, hatten sich auf beide Spielhälften verteilt. Sie waren gekleidet wie am Feiertag. Auf ihren Transparenten und Plakaten standen Parolen in meh-

reren Sprachen, auch in Deutsch. MÖRDER ZAR! BLUTSAUGER NACH SIBIRIEN! TOD DEM ZAREN! FREIHEIT FÜR FINNLAND!

Die Hunde zerrten. Der Stadionsprecher sagte mit eindringlichem Pathos immer wieder den selben Satz. Als Kommandos gebrüllt wurden und die Polizei sich in Bewegung setzte, schickte uns das Schiedsrichtertrio mit energischen Gesten in den Umkleideraum zurück. Aber auf der schmalen Treppe war kein Durchkommen, weil die russische Mannschaft nichtsahnend in entgegengesetzter Richtung ins Stadion laufen wollte.

Ich zwang mich, nicht immer hinzusehen. Hinter meinem Tor lagen Reste von Plakaten und ein weißer Frauenhut mit einer Vogelfeder und roten Flecken, von Helfern bei der Säuberung des Platzes vergessen. Der Sechzehnmeterraum vor meiner Nase war zertreten von Polizeipferden.

Mit einer Stunde Verspätung und bei Nieselregen hatte Schiedsrichter Christiaan Jacobus Groothoff, lange Hose, spitzer Hut, den Kick angepfiffen. Die Russen, keine verkaterte, schwerfällige Thekenelf aus Hasseldieksdamm, bewiesen mit Kopf, Spann und Spitze, dass der Lederball kein Fremdkörper, keine Kugel aus Stahl für sie war. Von ihrem Geschick, einen hohen Ball locker mit der Brust anzunehmen, konnten wir was lernen, sie beherrschten das Antäuschen des Gegners, ihre Leichtigkeit beim Ändern der Spielrichtung mit der Hacke brachte manchen von uns zum Staunen.

Doch waren sie, die das größte Land der Welt vertraten, planlos wie eine zusammengewürfelte Freizeit-Elf aus San Marino. Kein Auge für den freien Raum, kein Blick für den besser positionierten Mitspieler. Auch fehlte ihnen der Biss, sie übertrieben das Fairplay. Und hatte sie niemand über den simplen Sinn des Spiels aufgeklärt? Sobald sie in Nähe meines Tors kamen, verdribbelten sie sich ballverliebt, schlugen immer einen Haken zuviel.

Diese Einzelkünstler hätten beim Tennis oder Golf manchen Lorbeer errungen, der Mannschaftssport war nicht für sie erfunden worden. Léonid Faworski, ihr Torwart, hatte mit Kunst offensichtlich gar nichts am Hut, mit Fußball noch viel weniger. Warum auch nicht? Wenn ein Pfau mit gestutztem Verstand auf dem Kaiserthron sitzen durfte, ein Sprengstoff-Millionär einen Friedenspreis gegen den Einsatz von Dynamit stiften konnte, musste es einem Nervenbündel mit zwei linken Füßen und Händen doch wohl gestattet sein, das Tor der Nation zu hüten.

In komplett neuer Besetzung spielten wir die Russen schwindlig, überrollten sie. Sie ließen sich überrollen, der Ball lief manchmal minutenlang an ihnen vorbei. Es war das erste Match in meinem Leben, bei dem ich zeitweise den Überblick über den aktuellen Spielstand verlor. Auch der Spezialist, der die Anzeigetafel bediente, kam, an nullnull und zweieins gewöhnt, nicht mit.

Walter, weißt du, wie's steht?, rief ich Mitte der ersten Halbzeit dem rechten Verteidiger Hempel aus

Das russische Team.
Von links: Alexei Uwerski, Pjotr Sokolow, Grigori Nikitin, Michail Smirnow, Wasili Schitarew, Léonid Faworski, Michail Jakowlew, Nikita Chromow, Wasili Butusow (Kapitän), Fjodor Rimscha, Sergei Filippow

Leipzig zu. Nu, orschinal?, antwortete er so oder ähnlich, und mein verlobter Kieler Kamerad Reese, der später gern behauptete, neunzig Minuten lang nur Blümchen gepflückt zu haben, fragte von links zurück: Sechsnull? Oder sieben? Und der Professor wusste es auch nicht!

Ich hüpfte auf der Stelle, um mich warmzuhalten. Sonst pendelte ich neunzig Minuten lang zwischen Langeweile und der Angst, es zu vermasseln. An diesem späten Nachmittag gab es kein Auf und Ab, ich musste es nur schaffen, die Augen aufzuhalten, mehr war nicht nötig.

Auffallend wenige Zuschauer gaben sich als Deutsche zu erkennen, und die es taten, waren keine Schlachtenbummler, sondern Leute, die ihre Freikarten absaßen und viel lieber einem Reit- oder Tennisturnier zugeschaut hätten. Sie verzichteten auf Jubeltrubel, Hütewerfen, patriotischen Überschwang. Nach jedem Treffer dankten sie uns brav und pflichtschuldig, als wohnten sie einem Ereignis bei, das selbstverständlich den erwarteten Verlauf nahm. Deutsches Wesen ausnahmsweise ganz bescheiden, irgendwie war mir das auch nicht recht.

Die Schweden hielten anfangs zu unserem Gegner und verstummten mit zunehmender Spieldauer. Uns gegenüber verstimmt, weil der Kaiser bei seinem letzten Staatsbesuch wieder mal nicht die richtigen Worte gefunden hatte?

Das ohnehin nur spärlich gefüllte Råsunda-Stadion begann sich bereits nach einer halben Stunde zu lee-

Das deutsche Team.
Von links: Karl Burger, Hans Beese, Gottfried Fuchs, Otto Thiel, Walter Hempel, Adolf Werner (Adsch), Fritz Förderer, Emil Oberle, Karl Uhle, Josef Glaser, Camillo Ugo

ren. Anhänger der russischen Mannschaft gingen eilig weg, man konnte auch sagen: Sie flüchteten.

Unsere Stürmer rissen nicht mehr die Arme hoch, gratulierten sich nur noch flüchtig. Bei Halbzeit stand es 8 : 0, erfuhr ich von Fritz Fuchs. Der hatte allein fünfmal getroffen und war trotzdem nicht in Stimmung. Was mit den Demonstranten passiert sei, sagte er, verleide ihm jede Freude. Mir ging es ähnlich, andere meinten, das sei Politik, die habe bei Olympischen Spielen nichts zu suchen. Wir tranken Selters aus der Flasche, aßen unvermeidliche Zimtschnecken, die Raucher qualmten.

Professor Glaser ging rüber zu den Russen, mal fragen, was da los ist, vielleicht spricht ja einer ein paar Brocken Deutsch, ein bisschen Englisch oder Französisch. Walter Hempel, von Beruf Reisender, schlug einige Kapitel seiner amourösen Abenteuer als Hausfrauen- und Witwentröster auf. Adolf Jäger, spielfrei, daher schick in Dunkelblau, fragte mich, ohne die Lippen zu bewegen, ob ich es mir überlegt habe mit Altona.

Einverstanden, antwortete jemand, der wahrscheinlich ich war, lass uns das Ding drehen.

Adolf pfiff zwischen den Zähnen und drückte meine Hand.

Gren kam runter mit Neuigkeiten von Albert Weber und dem Doktor. Beide, bei rapide sich verschlechternder Geduld, auf dem Weg der Besserung. Hätte man keine kostenlosen Billetts vergeben, wären die Mannschaften unter sich, sagte er dann. Hoffentlich ändert sich das, wenn die richtigen Spiele anfangen.

Prompt bekam er es mit Fridder Förderers Zorn zu tun: Was denn, bitteschön, am stumpfsinnigen Marathonlauf richtig sei, was an dem fragwürdigen Zirkus, den die männerversessenen Ringer veranstalteten? Am Gehopse der Turner, Fechten und Schießen?

Im für Gren richtigen Moment kam der Professor zurück. Die Russen seien unter sich verfeindet, sagte er. Moskau gegen Petersburg und umgekehrt. Fünf sitzen in der einen Ecke, fünf, mit dem Rücken zu den Fünfen, in der anderen. Dazwischen der Keeper, ein Häufchen Elend. Einer, der Blonde mit den hängenden Stutzen, sagte in beneidenswertem Englisch, dass er sich für sein verrottetes Land nicht die Lunge aus dem Leib rennen wolle.

Hör auf mit Politik, Sepp, sagte Karle Burger, wir sind doch bloß Kicker, und viele gaben ihm recht.

Die Anzeigetafel war bei 9 : 0 stehengeblieben, man hatte wohl keine zweistelligen Zahlen vorrätig oder die Bedienung die Lust verloren. Kein Grund für Herzklopfen, aber ich hatte jede Menge davon. Schuld war mein Einfall, Leonie eine zweite Ansichtskarte zu schicken, die ich nicht nur mit Worten wie *Sehnsucht* und *vermissen* beschriften wollte, sondern auch mit der Frage, ob sie mit mir nach Altona gehen wolle.

Kurz vor der siebzigsten Minute erzielte Gottfried Fuchs das 16 : 0, sein zehntes Tor an diesem Tag. Er gab schwungvoll Zeichen, die ich zunächst für Ausdruck seiner Freude hielt. Als ich kapierte, was er meinte, dass er darum bat, es gut sein zu lassen, die Angriffe einzustellen, höher als haushoch reiche, brauchte ich ein bisschen Zeit, um zu verstehen.

Emil Oberle hätte bestimmt gern mehr als nur ein Tor geschossen, Fridder, an manchem Tag auch schon mal überehrgeizig, hatte sich womöglich sieben statt

Gottfried Fuchs,
der zehn der sechzehn Tore schoss

vier ausgemalt. Doch keiner murrte, erhob Einspruch, niemand zeigte den Vogel. Selbst in dem ein oder anderen Quadratschädel schien es einen mitfühlenden Winkel zu geben.

Das ist doch nicht wahr, oder?, meldete sich Leonies warme Stimme in meinem Kopf. Gib zu, das hast du dir in einem sentimentalen Moment ausgedacht!

Unsere fünf Angreifer zogen sich zurück, es entstand ein ziemliches Gewusel im Mittelfeld und in der Abwehr, man trat sich fast auf die Füße. Wir gaben keinen Ball verloren, ein Kinderspiel sollte es nicht für den Gegner werden. Moskau und Petersburg konnten sich auch in den letzten zwanzig Minuten nicht zum Zusammenspiel überwinden, sie redeten auch jetzt nicht miteinander, trabten statt zu rennen, gaben sich mit ihren Kunststückchen zufrieden, als käme das Wort Ehrentreffer in der russischen Sprache nicht vor.

Nach dem Schlusspfiff zeigte sich auf einmal die Abendsonne, wenigstens sie. Die verbliebenen Zuschauer machten sich auf und davon, wie erlöst; keine noch so mickrige Ehrung für den Torregen. Niemand kam auf den Gedanken, den famosen Gottfried Fuchs ein paar Meter auf den Schultern zu tragen, ihn um eine Unterschrift aufs Programmheft oder einen Einkaufszettel zu bitten.

Beim Shakehands mit wenig betrübten, teils sogar lachenden Russen vermisste ich meinen Torwartkollegen Lew. Er hockte weinend zwischen den Pfosten des Tors, das nie seins gewesen war, in dem er sich bewegt hatte wie auf vermintem Gelände, wie ein Balletttänzer im Schwergewichts-Boxring.

Was dann in mich gefahren ist, weiß ich bis heute nicht. Später im Waschraum würde der Professor von einer hübschen impulsiven Handlung sprechen.

Ich zog meinen Pullover aus, meinen Glücksbringer, meine zweite Haut, engster Begleiter bei Länderspielen in Oxford, Budapest, Lüttich, in Hamburg beim Sieg im Endspiel dabei, und für Itzehoe und Flensburg war er sich auch nicht zu schade gewesen. Ich reichte ihn dem Unglücklichen, der schaute fragend und tränenvernebelt hoch, war aber nicht schwer von Begriff. Ich tauschte mein liebgewonnenes Stück gegen sein schäbiges Hemd und bereute das, offen gesagt, bereits in diesem Augenblick. Lew und ich klopften uns gegenseitig auf die Schulter, und bevor es zu feierlich wurde, machte ich mich auf den Weg zu Wasser und Seife, obwohl ich gar nicht ins Schwitzen geraten war.

Spielverlauf
Trostrunde Deutschland – Russland
16 : 0

Montag, 1. Juli 1912, 17 Uhr

2000 Zuschauer
Schiedsrichter: Christiaan Groothoff

Tore

1:0	Gottfried Fuchs	2. Minute
2:0	Fritz Förderer	6. Minute
3:0	Gottfried Fuchs	9. Minute
4:0	Gottfried Fuchs	21. Minute
5:0	Fritz Förderer	27. Minute
6:0	Gottfried Fuchs	28. Minute
7:0	Karl Burger	30. Minute
8:0	Gottfried Fuchs	34. Minute

Halbzeit

9:0	Gottfried Fuchs	46. Minute
10:0	Gottfried Fuchs	51. Minute
11:0	Fritz Förderer	53. Minute
12:0	Gottfried Fuchs	55. Minute
13:0	Emil Oberle	58. Minute
14:0	Gottfried Fuchs	65. Minute
15:0	Fritz Förderer	66. Minute
16:0	Gottfried Fuchs	69. Minute

Literaturliste

Helmut Bittner (Hrsg): *Kleine Bettlektüre für weltoffene Kieler.* Darin: Jutta Kürtz, *Von Kost und Kösten.* Albert Mähl, *Um die Jahrhundertwende.* Ernst von Salomon, *Drei Kindheitserinnerungen.* Walter Volbehr, *Kieler Sprotten.* Scherz, ohne Jahr (1983)

Martin Brand, *Ein sportliches Tsushima. Deutschland gegen Russland 1912.* In: Stephan Felsberg / Tim Köhler / Martin Brand (Hrsg): *Russkij Futbol. Ein Lesebuch.* Sonderausgabe für die Bundeszentrale für politische Bildung, 2018

Jürgen Buschmann und Karl Lennartz, *Olympische Fußballturniere Band 2. Das erste große Turnier. Stockholm 1912 dazu Berlin 1916.* Agon Sportverlag, 2001

Wikipedia-Eintrag zu Adsch (Adolf) Werner

Bildnachweis

Alle Bilder sind entnommen: The official report of the Olympic Games of Stockholm, 1912: the Fifth Olympiad / issued by the Swedish Olympic Committee. Stockholm, 1913

Dank

Mit Dank an Christoph Stamm für wertvolle Hinweise aus dem Schwedischen und an Milena für großen Support.

© 2024 by TRANSIT Buchverlag
Postfach 120307 | 10597 Berlin
www.transit-verlag.de

Umschlaggestaltung, unter Verwendung
eines Fotos der deutschen Mannschaft,
Stockholm 1912, und Layout: Gudrun Fröba
Druck und Bindung: CPI Group, Deutschland
ISBN 978-3-88747-411-9

Bei TRANSIT von Dietmar Sous

Bodensee. Roman
144 Seiten, gebunden, Schutzumschlag
ISBN 978 3 88747 380 8

Roxy. Roman
144 Seiten, gebunden, Schutzumschlag
ISBN 978-3-88747-315-0

San Tropez. Roman
144 Seiten, gebunden, Schutzumschlag
ISBN 978-3-88747-348-8